CAROÇO DE DENDÊ

MÃE BEATA DE YEMONJÁ

CAROÇO DE DENDÊ

A SABEDORIA DOS TERREIROS

ilustrações de
RAUL LODY

3ª edição

COPYRIGHT © 2023
Mãe Beata de Yemonjá

Todos os direitos reservados
à Pallas Editora e Distribuidora Ltda.

editoras
Cristina Fernandes Warth
Mariana Warth
coordenação editorial e capa
Daniel Viana
assistente editorial
Daniella Riet
revisão
BR75 | Clarisse Cintra e Aline Canejo

Este livro segue as novas regras
do Acordo Ortográfico da Língua Portuguesa.

DADOS INTERNACIONAIS DE CATALOGAÇÃO NA PUBLICAÇÃO (CIP)
(CÂMARA BRASILEIRA DO LIVRO, SP, BRASIL)

Yemonjá, Mãe Beata de
Caroço de dendê : a sabedoria dos terreiros / Mãe Beata de Yemonjá. --
3. ed. -- Rio de Janeiro : Pallas, 2023.

ISBN 978-65-5602-112-6

1. Candomblé (Culto) 2. Contos brasileiros 3. Cultura afro-brasileira
I. Título.

23-173804   CDD-B869.3

Índices para catálogo sistemático:
1. Contos : Literatura brasileira B869.3
Aline Graziele Benitez - Bibliotecária - CRB-1/3129

Pallas Editora e Distribuidora Ltda.
Rua Frederico de Albuquerque, 56 – Higienópolis
CEP: 21050-840 – Rio de Janeiro – RJ
Tel./fax: 21 2270-0186
www.pallaseditora.com.br | pallas@pallaseditora.com.br

Para as minhas mães,
Maria do Carmo e Iyalorixá Olga do Alaketu

sumário

Introdução   11
Prefácio   19
O samba na casa de Exu   27
O menino do caroço   29
O cachimbo da Tia Cilu   31
O balaio de água   33
A saia de taco   35
As patacas malditas   37
Iyá Mi, a mãe ancestral   41
A pena do ekodidé   43
A rainha mãe e o príncipe lagarto   45
O homem que se casou e queria ter filhos   49
O menino que tinha muito saber   51
A mulher que sabia demais   53
A filha que ficou muda porque fez a mãe passar vergonha   55
Tomazia   57
O mealheiro   59
Ayná   61
O homem que queria enganar a morte   65
O colhedor de folhas   67
O pescador teimoso   69
A fortuna que veio do mar   71
Oyá Seju   73

O bem-te-vi falador   75
A lagartixa sabida   79
A astúcia do macaco   81
A desavença entre o cachorro e o gato   83
A fofoca do cágado   85
O cágado enganador   87
O agouro da coruja   89
O caranguejo maldito   91
Aramaçá   93
Exu e a lagartixa   95
O caroço de dendê   97
Exu e os dois irmãos   99
O orgulho de Obi   101
Iyá Inâ   103
A quizila de Ogum com o quiabo   105
Mais uma história com Xangô e o quiabo   107
Oxé, o ajudante das mulheres que queriam parir   109
O Odu Ojonilé   111
Odu Okaran   113
Oko   115
Ofu   119
Conto dedicado à minha mãe, do Carmo   121
Glossário   123

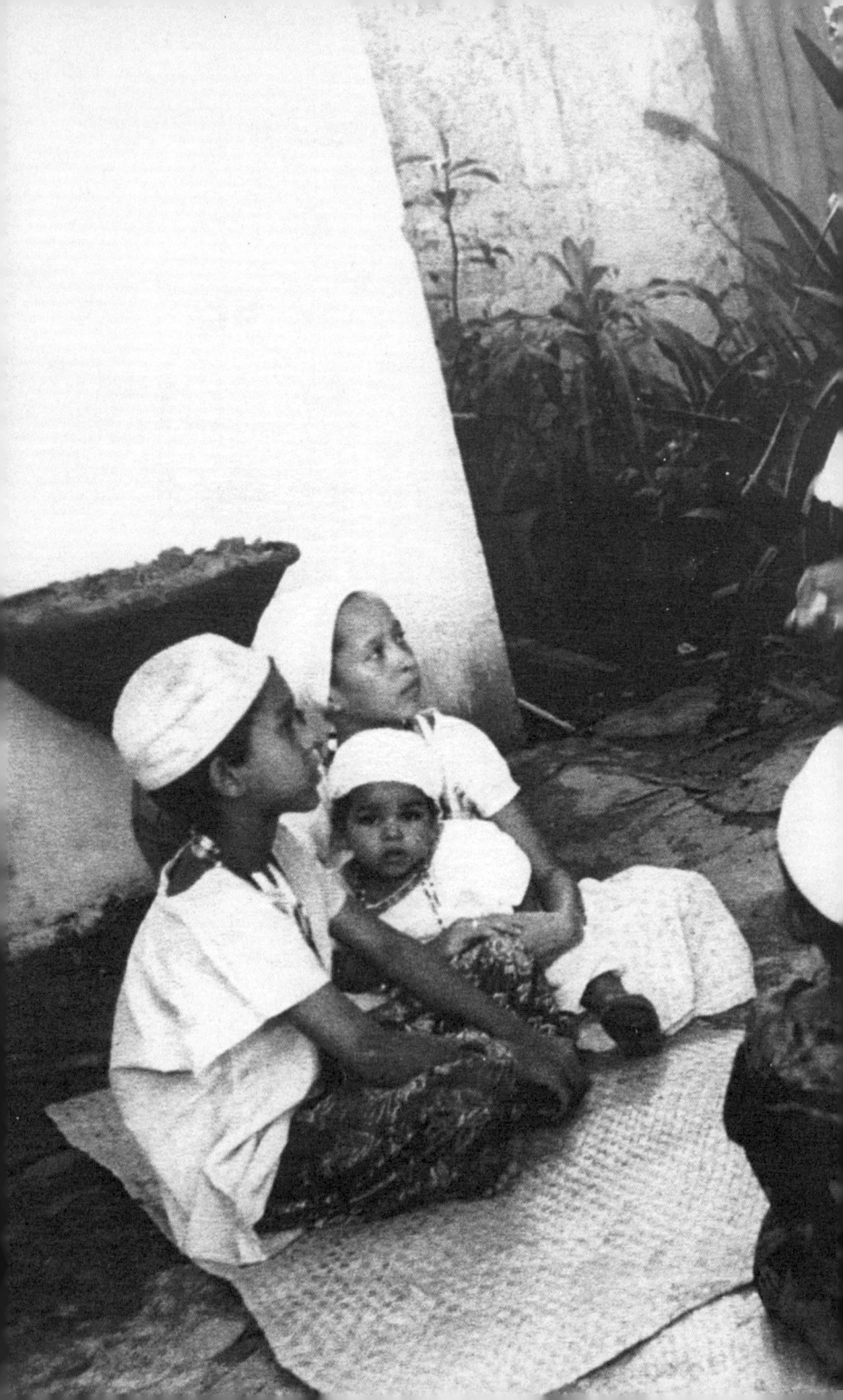

INTRODUÇÃO

mito e memória:
a poética afro-brasileira
nos contos de Mãe Beata

A memória cria a corrente de tradição
Que passa um acontecimento de geração em geração.
Walter Benjamin

Não ter memória é ser escravo do tempo,
E estar preso a um espaço.
W. J. Mitchell

"Minha mãe chamava-se do Carmo, Maria do Carmo. Ela tinha muita vontade de ter uma filha. Um dia, ela engravidou. Acontece que, num desses dias, deu vontade nela de comer peixe de água doce. Minha mãe estava com fome e disse: 'Já que não tem nada aqui, eu vou para o rio pescar.' Ela foi para o rio e, quando estava dentro d'água pescando, a bolsa estourou. Ela saiu correndo, me segurando, que eu já estava nascendo. E eu nasci numa encruzilhada. Tia Afalá, uma velha africana que era parteira do engenho, nos levou, minha mãe e eu, para casa e disse que ela tinha visto que eu era filha de Exu e Yemanjá. Isso foi no dia 20 de janeiro de 1931. Assim foi o meu nascimento."

Sentada em sua casa em Miguel Couto, cercada por pilhas de livros e papéis e por caixas de fotografias, Beatriz Moreira Costa, Mãe Beata de Yemonjá, conta a história de seu nascimento numa encruzilhada no Engenho Novo, no Recôncavo Baiano. A essa história juntam-se outras e mais outras, juntam-se mitos, juntam-se contos, histórias inscritas em cadernos e folhas de papel amareladas pelo tempo, gravadas em fotos de casamentos, nascimentos e festas do candomblé, acumuladas ao longo dos anos.

A voz de Mãe Beata tece o fio de memória que liga essas fotos, esses papéis, esses fragmentos de sua vida às reminiscências de seu passado. Menina de engenho, Mãe Beata cresceu cercada pela presença de antigos escravos e seus descendentes. Suas memórias são fortemente ligadas às histórias de vida desses homens e mulheres, na África e no Brasil, e pelas histórias e mitos contados no dia a dia desses engenhos. Neta de portugueses e de africanos escravizados já na própria África e depois trazidos ao Brasil, sua infância nos arredores de Cachoeira do Paraguaçu foi marcada pela presença de Mãe Afalá e de outras velhas africanas, e por mulheres como sua avó paterna, "uma senhora de cabelos bem longos, descendente de portugueses, que tratava de todos no engenho com suas ervas e mezinhas, e que conversava com Janaína na beira do rio", relembra Mãe Beata em suas histórias.

Sua voz invoca a memória da história de sua infância, de histórias contadas numa região fortemente marcada pela cultura afro-brasileira. Embebidos nessa memória estão também as histórias e os mitos contados e ouvidos na sua vivência em comunidades de candomblé. Iniciada há quatro décadas em Salvador pela ialorixá Olga de Alaketo, numa das mais famosas casas de candomblé da Bahia, Mãe Beata, desde jovem, participava da tradição de contar histórias e mitos que marca tão distintamente o processo de aprendizagem iniciática e o envolvimento no dia a dia dessas comunidades religiosas. Quando Mãe Beata veio para o Rio de Janeiro, há mais de 20 anos, ela trouxe consigo essa memória viva de contos do interior da Bahia e de histórias e mitos contados nos terreiros baianos. Suas narrativas aqui incorporam novas histórias contadas nas comunidades-terreiro do Rio de Janeiro.

As histórias de Mãe Beata dão voz a uma parte importante da memória afro-brasileira, expressando uma sensibilidade que reflete esteticamente a cultura do "povo de santo". A dinâmica da transmissão oral dessas histórias dentro das comunidades-terreiro e a interação entre contadores e ouvintes no dia a dia dos terreiros nos levam a pensar nos contos de Mãe Beata como, de certa forma, uma criação coletiva dessas comunidades, individualizados pela sua criatividade como contadora de histórias.

A vivência no dia a dia das comunidades de candomblé envolve o constante contar de histórias, a transmissão de ensinamentos aos mais novos por meio das histórias contadas pelos mais velhos. A esse contar dos itãns, os mitos sagrados do candomblé, mistura-se a troca de histórias de vida dos filhos de santo, recriando, em cada troca de narrativas, a intimidade de convivência do "povo de santo". Nos espaços mais íntimos dos terreiros, onde os filhos de santo se reúnem para a preparação de uma grande festa ou para os rituais diários, ressoam vozes que pouco a pouco contam e recontam as histórias desses filhos de santo, vozes que cantam os cantos dos orixás e que contam contos do candomblé. Os contos afro-brasileiros emergem assim do cotidiano dos filhos de santo e fora dos terreiros, a memória sócio-histórica dessas comunidades com os ensinamentos sagrados do candomblé.

Assim como o constante trocar de histórias entre os filhos de santo não permite uma dicotomia rígida entre o contador e o ouvinte, entre o eu e o outro, no cotidiano mítico dos terreiros mito e história se encontram nos contos afro-brasileiros. Essa convergência de memórias é parte dos ensinamentos transmitidos nos contos de Mãe Beata. A inclusão da história do seu nascimento entre os contos, cujos personagens são odus e orixás, expressa poeticamente esta conexão entre a sua vida como mulher negra, como parte do "povo de santo", e a vida dos antepassados e dos orixás. História e histórias se interpenetram, se confundem, fundindo nos contos o histórico e o sagrado, sacralizando o cotidiano. Mãe Beata é simultaneamente contadora de histórias e participante da história afro-brasileira, vivida e recontada no dia a dia dos terreiros.

De certa forma, essas histórias, enquanto mediadoras da memória sociorreligiosa dos terreiros, são parte do axé, a força vital, segundo a concepção religiosa afro-brasileira. Assim como o axé é criado e mantido também pela interação cotidiana nas comunidades religiosas, a força e o significado dessas histórias se renovam por meio da sua presença no dia a dia do "povo de santo".

A publicação dos contos de Mãe Beata significa a remoção dessas histórias do limite dos terreiros e sua inserção num contexto ainda mais amplo da cultura brasileira. Esse processo implica uma "tradução" dos contos de uma linguagem falada para uma de narrativa escrita, uma modificação no próprio "ato de contar". Perdido o contexto de significação construído na interação do dia a dia, as narrativas aqui constroem seu sentido a partir da interação entre os próprios contos, ganhando significado enquanto um conjunto de histórias. A dinâmica da narrativa oral é assim "traduzida" nessa interação entre as histórias. Apesar de não apresentarem um só tema, os contos de Mãe Beata evocam um cotidiano mítico comum. Cada história é, assim, um recontar e um recriar do cotidiano mítico dos terreiros de candomblé, criando um elo entre as histórias aqui contadas e as narrativas no dia a dia desses terreiros.

Os contos aqui reunidos devem, então, ser lidos como mais um momento no processo de se recontar a memória afro-brasileira, um momento no longo e lento acúmulo de histórias, no criar da memória recontada. Um momento que dá voz somente a uma parte das memórias acumuladas por Mãe Beata em suas caixas de fotografias e pilhas de papéis, apenas um momento no constante tecer do seu fio de memória. Os contos aqui presentes inevitavelmente invocam as histórias ausentes, os mitos não contados, marcando, dessa forma, a necessária exclusão de histórias no processo de transcrição e edição de contos incluídos numa coletânea.

As possíveis perdas e as inevitáveis ausências na transcrição dos contos de Mãe Beata são, no entanto, compensadas pela importância em si da publicação de seu primeiro livro. No contexto de relações de raça e gênero no Brasil, onde o passado histórico e a voz criadora da mulher negra são constantemente negados pelo silêncio, pela sua ausência da história oficial, a publicação de uma coletânea de histórias por uma ialorixá do candomblé é extremamente importante. O livro de Mãe Beata significa uma abertura do pequeno espaço na literatura brasileira para a mulher negra enquanto autora, enquanto voz criativa na arte de contar histórias. As histórias contadas nas comunidades religiosas afro-brasileiras têm, ao longo dos anos, servido de inspiração para inumeráveis textos literários e sido objeto de elaborações teóricas por pesquisadores. Apesar da manutenção dessa tradição oral de se contar mitos e histórias sagradas ser frequentemente atribuída, tanto por pesquisadores como pelo próprio "povo de santo", às mulheres mais velhas dessas comunidades, a quase inexistência de textos publicados por essas mulheres é marcante. Nada mais apropriado, então, que uma dessas mulheres venha aqui tentar preencher esta lacuna.

A experiência de Mãe Beata como "mulher de santo" se une, na publicação de sua coletânea, à sua reconhecida atuação não só como liderança, mas, principalmente, como companheira constante nas lutas da comunidade negra no Brasil. O reconhecimento de Mãe Beata como autora nos leva a pensar na participação da mulher na cultura afro-brasileira não como mero instrumento de transmissão de uma tradição estática, presa ao passado, mas, sim, como uma voz dinâmica na transmissão, na criação e na recriação cotidiana dessas tradições. Suas histórias nos remetem ao passado, à memória histórico-religiosa afro-brasileira como fonte de inspiração, ação e mudança no futuro.

Em um dos raros momentos em que Mãe Beata interrompe o tecer do seu fio de memória para refletir abertamente sobre seus contos, sobre o universo de representações e significações de suas histórias, ela fala da importância de se contar essas histórias por meio de um livro, porque "nós, negros, estamos precisando muito disso, de saber as nossas histórias. Precisamos saber que nós somos capazes, nós, negros, que nós das religiões afro temos histórias, temos saber". Esse saber expresso nos contos ganha significado dentro de um espaço histórico-cultural que, assim como Mãe Beata, nasceu numa encruzilhada, a encruzilhada que é a cultura afro-brasileira. A encruzilhada é o espaço regido por Exu, aquele que, segundo os mitos, é a boca ávida que devora tudo o que existe, mas que também regurgita, regenera e recria. Essa encruzilhada é aqui um espaço de confluência e recriação cultural. É um espaço em que as várias culturas africanas trazidas ao Brasil confluem e são recriadas, devorando e reinterpretando, nesse processo, elementos culturais indígenas e europeus.

Esse processo de confluências produz histórias como *A rainha mãe e o príncipe lagarto*, onde se vê claramente expressa a dinâmica interação entre histórias africanas e contos europeus, entre contos de fadas e contos de orixás, entre um imaginário popular tradicionalmente identificado como europeu e um imaginário afro-brasileiro. As fronteiras entre essas diversas influências culturais não desaparecem nos contos de Mãe Beata, mas a distinção entre esses elementos se torna mais complexa, na medida em que um personagem como Iyá Omi, em *A rainha mãe e o príncipe lagarto*, apesar de ser claramente um personagem africano nesta história, também mantém traços em que ecoam a imagem da fada madrinha, de personagens típicos de contos europeus.

Mãe Beata, filha de Exu e Yemanjá, nascida na encruzilhada, digere esse amálgama de influências e as incorpora no processo de criação de seus contos. Suas histórias, com sua rica polifonia, são contos em que ebós, mezinhas e lágrimas-de-nossa-senhora se encontram num espaço de narrativa que expressa o dinamismo da cultura afro-brasileira. É por intermédio da linguagem mítica dos terreiros de candomblé que Mãe Beata expressa a diversidade de elementos que confluem na formação das suas narrativas. Em histórias como *A saia de taco*, a interação da herança religiosa afro-brasileira e da tradição católica nas práticas religiosas populares do interior da Bahia é contada dentro de uma visão de mundo em que santos, orixás e espíritos estão presentes na vida do povo, interagindo e interferindo diretamente na sua vida e no seu destino. É essa ética religiosa, essa visão do sagrado, da sua presença no cotidiano do povo, que permeia os contos de Mãe Beata.

Essa linguagem religiosa também gera contos como *Tomazia*, em que a confluência de mito e história na memória do candomblé se torna explícita. A história da escrava Tomazia nos remete ao passado, à história da escravidão, assim como à sua herança no presente, a presença no interior da Bahia dos engenhos de cana e dos descendentes de escravos que continuam o cultivo dessas lavouras. Essas são histórias que se tornam parte dos mitos dos ancestrais, histórias que, assim como os itãns, não devem ser esquecidas. O esquecimento dessas histórias, Mãe Beata nos conta em *Exu e os dois irmãos*, leva à ira de Exu e à sua implacável interferência na vida daqueles que renegam esse passado e sua cultura.

A memória histórico-religiosa afro-brasileira é tema, também, de histórias que nos falam do dia a dia do "povo de santo". Em *O pescador teimoso*, onde Yemanjá aparece em sonho para um pescador avarento, Mãe Beata evoca o cotidiano mítico desse povo. O "olhador" consultado pelo incrédulo pescador torna-se o símbolo de conhecimento do sagrado, da natureza e da vida cotidiana do povo. Com sua sabedoria, o "olhador" de *O pescador teimoso*, assim como as ialorixás e os babalorixás nos terreiros, aconselha e guia o "povo de santo", segundo os segredos e os ensinamentos dos orixás. A interação entre o pescador, sua mulher e o "olhador" relembra o cotidiano das comunidades religiosas afro-brasileiras, relembra a constante troca de histórias, conselhos e ensinamentos nessas comunidades. O cotidiano do "povo de santo" é aqui contado como um dos espaços onde se cria e recria a memória narrada nos contos de Mãe Beata.

Esse hibridismo de influências e de temática não expressa uma contaminação ou perda de autenticidade nos contos de Mãe Beata, tampouco uma visão idealizada da história do encontro entre europeus e africanos no Brasil. Na verdade, ao costurar suas memórias, imaginação e mitos, Mãe Beata cria em seu livro um conjunto de contos em que ecoam o diálogo e o conflito entre essas múltiplas influências culturais. Suas histórias negam a possibilidade de uma definição estática do gênero "contos afro-brasileiros". Elas falam, por meio de sua polifonia, de uma identidade cultural que não é dada *a priori*, mas que precisa ser buscada na dinâmica da visão de mundo criada nos contos, uma identidade buscada no processo de criação de uma sensibilidade estética que reflita o mosaico de representações e significados que compõem a cultura afro-brasileira. Os contos de Mãe Beata oferecem, assim, não o simples ensinamento de uma visão de mundo correta, mas, sim, um convite característico de uma verdadeira contadora de histórias, um convite para se repensar, recriar e recontar esse mundo sua complexidade e suas histórias.

A onda vai, a onda vem
Ande a brincar, Rainha do Mar.
Canto popular para Yemanjá
e corrido de capoeira

Vânia Cardoso
NSF — National Science Foundation
Graduated Fellowship

PREFÁCIO
na beira da fogueira,
na noite de lua cheia

Mãe Beata reúne em livro os seus "contos de senzala", histórias que ela ouviu um dia, não se sabe onde, transcorridas em um tempo que não se pode precisar quando... Parte do legado cultural africano em terras brasileiras, os seus contos constituem um conjunto heterogêneo e harmonioso de histórias criadas, recolhidas ou reinventadas por ela. Elas soam como se narradas por uma preta-velha à beira de uma fogueira, numa clara noite de lua cheia, porque reavivam a memória das culturas dos antepassados, a exemplo dos *griots*, contadores de histórias da África que são os museus vivos de suas comunidades. Como eles, Mãe Beata vem, nos seus momentos de lazer e descontração, contando suas histórias para crianças e adultos, num autêntico processo de transmissão oral da cultura afro-brasileira.

Os contos deste livro são parte intrínseca da tradição oral afro-brasileira, ainda tão pouco documentada como literatura escrita, apesar de tão presente na imaginação de tanta gente. A autora escreve com a simplicidade de quem conta histórias vividas e, com a cumplicidade de falar para um ouvinte entendedor do sentido mais profundo de suas palavras, faz o leitor sentir-se, vezes, na posição do coparticipante da narrativa.

Acredito que, devido à sua variedade, e para serem mais bem saboreados, os contos não devam ser lidos de uma só vez, mas em várias noites. Pois, a cada leitura, um novo conteúdo emerge como fruto de novas reflexões e conexões. Embora possamos abordá-los analiticamente, separando-os em diferentes categorias (religiosos e profanos) ou grupando-os por assunto (divindades, ancestrais, animais e humanos) — nenhuma das duas opções é suficientemente abrangente para organizá-los adequadamente. Os contos de Mãe Beata são como as formas aparentes ou visíveis de um todo quase indivisível; complexo na sua íntima comunicação com um plano metafísico.

Alguns desses contos ela veio elaborando há muitos anos, no fazer do seu ofício de sacerdotisa do candomblé, influenciada por seus orixás de cabeça: Exu e Yemanjá, pelos conhecimentos secretos das folhas de Ossâim, seu orixá mestre. Exu é, sem dúvida, o personagem mais retratado do livro, algumas vezes de forma assustadora, como em *O menino do caroço*; outras, de forma jocosa, como em *Exu e a lagartixa*. Como não poderia deixar de ser, Exu se conduz de modo bastante maleável, assumindo ora o papel de juiz dos que criam discórdia e desarmonia (em *Iyá Iná*), ora como um trapalhão malsucedido (em *O caroço de dendê*). Seu papel de mensageiro é enfatizado em *Exu e os dois irmãos*, em que atua levando a religião dos orixás para a comunidade convertida ao cristianismo, e em *O orgulho de Obi*, no qual é intermediário entre o orixá Orumilá e o vegetal sagrado Obi. Os contos relacionados com Yemanjá, orixá de que nossa Iyá Beata é sacerdotisa, são bem significativos. Em *O pescador teimoso*, Yemanjá clama por um equilíbrio ecológico, protegendo as suas crias, os peixes recém-nascidos, de um pescador avarento. Já em *O balaio de água*, ela protege a sua filha de santo operando o inesperado milagre do transporte de água em um balaio. Em *A rainha mãe e o príncipe lagarto*, ela recebe o nome de "Iyá Omi" e aparece como uma fada protetora, dando a sua filha os instrumentos para transformar o lagarto em um príncipe noivo. Já Ossâim, mestre das folhas sagradas, surge em *O cágado enganador*, desmascarando uma mentira e protegendo o seu povo da floresta, e em *O colhedor de folhas*, exigindo as oferendas que lhe são devidas.

Em outros contos da autora, o panteão Gege-Iorubá emerge explicitamente nos títulos: *A quizila de Ogum com o quiabo*, *Mais uma história com Xangô e o quiabo* e *Oko*,* ou, ainda, como salvadores dos protagonistas: Nanã, em *O homem que se casou e queria ter filhos*, e Oxum, em *A pena do ekodidé*. Aqui, ela ressalta o poder dos orixás que interferem no destino humano na forma de quase-milagres. Talvez por trabalhar com a vidência por meio do jogo de búzios, a autora valorize a figura do *alowô*, ou babalaô. Ele é o Tio Joaquim em *A fortuna que veio do mar*, é *O menino que tinha muito saber* e, também, tem papel determinante em *O bem-te-vi falador*. Mãe Beata, por seu trabalho, está, ainda, muito próxima do universo dos Odus (destino, dádiva ou herança cármica) da tradição do Ifá, cuja mitologia ela desenvolve nos contos *Oko*, *O Odu Ojonilé*, *Oxé, o ajudante das mulheres que queriam parir*, *Ofu* e *Odu Okaran*.

Como na tradicional narrativa africana, as suas histórias misturam gente, animais e plantas; deuses da natureza e pessoas da cidade; vivos e mortos. Assim, eles descrevem uma contínua harmonia cósmica interrompida e fracionada apenas pelos erros e pelas falhas cometidos por seres humanos ou por animais fabulosos, os quais deveriam ser evitados ou corrigidos. Para isso, bastariam a reflexão dialética e a devoção aos orixás.

A narrativa efabulativa de Mãe Beata apresenta sempre desfechos súbitos para suas histórias curtas, despertando no leitor indagações que a autora quase sempre comenta criticamente ao final de cada uma. Em alguns casos, seu comentário aproxima-se da "moral da história", característica das fábulas clássicas. Para o leitor familiarizado com La Fontaine, ou com os contos dos irmãos Grimm, além de novos tratamentos dados aos temas de animais mais conhecidos (como macaco,

---

* Oko, o orixá protetor da agricultura, é pouco conhecido no Brasil.

cão, gato, tartaruga etc.), ela apresenta o exercício da elevada ética mística, ecológica e comunitária africana, que valoriza a solidariedade, o respeito à natureza e ao sentimento religioso.

Embora a autora pertença assumidamente à tradição Iorubá, podemos perceber também em suas histórias elementos culturais de grupos étnicos Bantos, notadamente os provenientes do antigo reino Kongo, que começaram a chegar ao Brasil pelo menos 300 anos antes dos Iorubás e disseminaram suas culturas nas senzalas do interior do país, bem como nas ruas das capitais coloniais, Salvador e Rio de Janeiro. Essa influência é nítida, sobretudo no campo semântico, como em *A lagartixa sabida*, quando o cágado cantarola: "É miserembá, não me chame calungá".* A influência Kongo pode ser percebida, também, nas referências históricas de *Tomazia* e de *As patacas malditas*, contos que retratam a vida do engenho de cana-de-açúcar do interior, onde era mais comum a presença de escravos de origem banta, já que os Iorubás concentraram-se, sobretudo, em cidades como Salvador e no Recôncavo Baiano, ou em áreas de plantação de fumo e cacau. Outro traço marcante da religião originária do Kongo presente na cultura afro-brasileira, e incorporada pelos contos de Mãe Beata, é a forte presença do mundo dos ancestres junto ao mundo dos humanos. Eles são coadjuvantes ou antagonistas de vários episódios narrados, e causadores de surpreendentes mudanças no destino dos vivos, como em *As patacas malditas* ou em *O cachimbo da Tia Cilu*, nos quais a autora recria a figura de uma preta-velha bem próxima das pretas-velhas da Umbanda. Já em *A mulher que sabia demais*, a autora assume uma discussão que se insere nos parâmetros da ética cultural kongolesa, tal como descrita por Fu-Kiau, autor zairense que desvendou para o Ocidente os segredos do mundo Kongo, onde a liberdade do indivíduo está sempre diretamente relacionada ao comprometimento com o seu

---

* Calungá, ou calunga, é o nome sagrado para os Bakongos, significando a linha que separa os mortos dos vivos, bem como as divindades das águas.

grupo social. Ao indivíduo, cabe o papel de cuidar do equilíbrio social do seu grupo como da segurança humano-ambiental.

As forças sagradas da natureza, descritas aqui como orixás, certamente representam também os Voduns dos Jejes ou os Inkices dos Kongo-Angolas, que são para eles igualmente juízes rigorosos, algumas vezes, coléricos, e outras, compreensivos e protetores. No seu trânsito por várias culturas, as histórias de Mãe Beata oferecem um passeio instrutivo pelo mundo alegre e sério de diferentes tradições africanas, mantidas no Brasil sobretudo pelo trabalho das sacerdotisas e das contadoras de histórias, matriarcas e guias espirituais de suas comunidades. Esse mergulho profundo no mundo dos ancestres que habitaram o nosso passado nos esclarece sobre as formas, as cores e os sentidos de uma moral que constitui uma parte fundamental do imaginário afro-brasileiro.

Zeca Ligiéro
Doutor em Estudo da Performance
New York University

O SAMBA NA CASA DE EXU*

Uma mulher gostava muito de sambar. Não tinha um dia em que ela não procurasse um samba ou festa para ir. Não tomava conta da casa, dos filhos, nem do marido. Pegava uma garrafa de cachaça e se mandava, não podia ouvir o barulho da viola "tim... tim... tim..." e do pandeiro "bakatum... bakatum... bakatum...". A mulher já era conhecida de todos, e o marido dela vivia dizendo:

— Mulher... Deixa essa vida. Um dia você vai se dar mal!

— O samba nasceu comigo, não é você que vai fazer eu deixar meu samba com Deus e o Diabo — respondia ela.

Assim chegou Sexta-feira da Paixão. Antigamente, esse era um dia de grande respeito. Ela ficou de dentro para fora da casa, inquieta, e o marido só olhando. Era quase meia-noite, e ela disse:

— Hoje eu sambo nem que seja com Exu! Que troço besta acreditar em dia santificado.

Ela foi se deitar contrariada e começou a ouvir o som da viola e do pandeiro. Ela se levantou, pé ante pé, e saiu, pensando: "Está vendo,

---

* Conto dedicado à minha Mãe do Carmo.

tem sempre um que não acredita nessas coisas." Ela entrou em beco e saiu de beco e chegou ao fim de uma rua, numa casa aberta, onde o samba estava comendo. Ela entrou.

— Agô? Licença? — pediu ela.

— Agô yá! — responderam todos.

No canto, tinha um rapazola de chapéu-panamá, roupa de linho bem engomada, que a espiava muito. Ela entrou na roda e sambou, dizendo:

— Você aí, o que está esperando? Não samba? Estou esperando você dar umbigada. Embora a casa não seja sua, venha sambar comigo.

Ele respondeu:

— E quem lhe disse que a casa não é minha? Você não disse que hoje você sambava, nem que fosse com Exu?

Ele começou a sambar, deu um estouro bem no meio do samba e sumiu. A mulher caiu ali mesmo, desmaiada. De manhã o marido não achou a mulher na cama e saiu à sua procura. Ele achou a mulher caída numa encruzilhada, falando bobagens. Ela nunca mais ficou perfeita nem pôde mais sambar.

O MENINO DO CAROÇO

Uma mulher ficou grávida, mas não queria parir. Todos os dias, batia na barriga e xingava. Quando lhe perguntavam quem era o pai, ela respondia:

— É Exu.

As pessoas lhe diziam:

— Mulher, mulher... Você é doida! Como você ousa dizer isso? Você sabe do poder dele!

— Tanto sei que emprenhei dele — respondia ela.

Meses depois, nasceu uma criança muito bonita, com um caroço no meio da cabeça. Logo cresceu e não podia pôr nada na cabeça, pois caía. Ele só vivia em lugares em que se vendia azeite de dendê e tomava muita cachaça. Quando alguém o mandava fazer alguma coisa, ele perguntava logo:

— Você me dá um epô e otim?

Ele não atendia à mãe de jeito nenhum e jogava pedra em todo mundo. Então, ele ficou doente, e disseram:

— Ô mulher, você faz um ebó para esse menino. Isso tudo é arte de Exu!

Mesmo sem querer, ela fez o ebó, porque já não aguentava mais as coisas que o filho fazia. Quando ela estava arrumando o ebó, o menino chegou em casa, foi chutando tudo, comendo as coisas e dizendo:
— Mulher, não precisa levar nada para a rua, pois eu estou aqui.

Neste minuto, ela tomou um grande susto, começou a gritar e ficou louca. O menino saiu pela porta afora para nunca mais voltar, deixando somente um cheiro de pólvora no ar.

O CACHIMBO DA TIA CILU

Existia num lugarejo uma velha muito bondosa, que jogava búzios e rezava todas as crianças do lugar. Ela era chamada de Tia Cilu. Bem perto dali morava uma senhora que só tinha um filho. Ele era mascate e viajava muito para vender as coisas em lugares distantes. Saía para vender e só voltava quando acabava tudo.

De certa feita, ele, voltando de viagem, passou na casa de Tia Cilu. Já era alta madrugada e estava chovendo. No beiral da casa da velha existia um toco. E quem estava lá sentada, pitando seu cachimbo, quando ele olhou? Era Tia Cilu. Ele disse:

— Bênção, Tia Cilu.

— Bênção de Deus, meu filho. Deus te ponha virtude — disse ela.

Ele, chegando em casa, bateu na porta e a mãe veio abrir, mas acabrunhada e triste. Ele disse:

— Ô mãe, eu chego e encontro a senhora assim? Agora mesmo, eu passei ali e fiquei pensando: "Velho tem cada mania!" Esta hora, Tia Cilu sentada aí na beirada da casa pitando seu cachimbo...

A mãe deu um pulo, assustada, e disse:

— Meu filho, você tem certeza do que disse?

— Sim — respondeu ele.

Ela gritou, chorando:

— Hoje foi o último dia do axexê de Tia Cilu!

O rapaz tomou um susto e começou a chorar.

Este conto mostra uma verdade: para nós, iniciados, não existe a morte. Somos ancestrais, e Tia Cilu era uma ancestral.

O BALAIO DE ÁGUA

Um homem vivia com uma mulher chamada Tude, que trabalhava fora. Ela lavava e passava o dia todo e ainda apanhava dele. Só vivia marcada. Os outros diziam a ela:

— Tude, larga esse homem.
— Como eu posso, pois tenho meus filhos? — respondia ela.

Ela era filha de Yemanjá.

— Ah, minha mãe... Dá um jeito nisso. Eu faço tudo e ele não reconhece, e ainda tem outra na rua — pedia Tude a Yemanjá.

Ela era iniciada e era uma boa filha para o seu axé, mas ele não deixava que ela cuidasse das suas obrigações na sua roça de candomblé. Um dia, quando ela estava apanhando do marido, ela disse a ele:

— Eu carrego água no cesto e você não reconhece.
— Vai apanhar mais por esta mentira, pois ninguém consegue encher um palácio com água, não é você que vai fazer isso com sua feitiçaria. O dia em que você conseguir isso, eu me transformo num homem bom — respondeu o marido.

Ela saiu correndo, chorando. Ali perto havia um rio. Ela sentou na beirada e, quando olhou para a água, viu um cesto boiando na direção dela. Logo, Tude correu e pegou o cesto cheio de água. Ela ficou assustada, mas, quando se refez, correu para casa com o cesto de água na cabeça. Chegando em casa, pôs no meio do quarto e disse para o marido:

— Isso é para você não duvidar do poder dos orixás.

Ele ficou muito assustado e disse:

— Me perdoe, mulher, me perdoe. De hoje em diante, eu vou fazer tudo para você cumprir seus deveres com seus orixás e sua fé — e tornou-se um bom marido.

A SAIA DE TACO

Existe na Bahia uma festa tradicional, que é a festa da Nossa Senhora da Boa Morte. Todas as mulheres sempre procuram fazer uma roupa nova para vestir neste dia. Existia ali uma negra muito bonita, chamada Otaciana. Esta negra era casada com um alfaiate muito ciumento. Tudo o que esta negra dizia que ela ia fazer, ele dava o contra. Não queria que ela fosse ao samba, à reza, à sentinela, nada. E ela gostava muito disso tudo. E até na festa da Boa Morte ela tinha entrado, fazendo parte do corpo de mulheres que organizava a festa.

Ela se comprometeu a fazer uma beca, que era uma saia com uma blusa, para usar na festa. As mulheres usam xales muito bonitos, e todas usam suas joias. É uma festa muito tradicional. A mulher chegou em casa e disse:

— Ah, marido! Eu fui escolhida para ser uma das irmãs da Nossa Senhora da Boa Morte.

— Mas é mesmo?! — respondeu ele.

— É. Eu tô é contente. Eu vou lavar e passar roupa o ano todo, e vou comprar a minha beca nova.

O marido, então, lhe disse:

— Não precisa você comprar, porque eu vou lhe dar.

Ela ficou muito contente.

— Você dá mesmo, meu nego?

— Dou — respondeu o marido.

Então, durante todo o ano, a mulher ficou esperando, mas não via o marido costurar. Toda vez que perguntava, ele dizia:

— Olha, eu já comprei a casimira, já comprei a cambraia, já comprei a renda, já comprei tudo. O xale também. Já comprei seu chinelinho, já comprei tudo, já tá tudo guardado. No dia, você vai ver.

O que é que aconteceu? Quando chegou o dia da procissão da Boa Morte, ela levantou cedo, se cuidou, tomou banho com água de cheiro, foi a ele e disse:

— Marido, cadê minha beca?

— Tá aqui — disse ele.

Ele, então, veio com um tabuleiro coberto. Quando ela descobriu, era uma beca feita com tudo quanto era retalho. Durante o ano em que ele costurou, tirava das roupas que fazia pedaços de retalho, foi emendando e fez uma beca para ela. Ela tomou uma paixão e caiu chorando, dizendo:

— Nossa Senhora da Boa Morte que tome conta de você!

A partir dali, ele esbugalhou os olhos e saiu para a rua gritando:

— Prometi e dei, de taco, sim. Nossa Senhora da Boa Morte, não se vingue de mim.

E aí saiu correndo pela rua, rua abaixo, rua acima. E, assim, acabou doido. A mulher ficou muito triste e foi trabalhar. No outro ano, ela fez a sua beca, mas ele continuou doido e dizendo estas palavras:

— Prometi e dei, de taco, sim. Nossa Senhora da Boa Morte, tenha pena de mim.

AS PATACAS MALDITAS

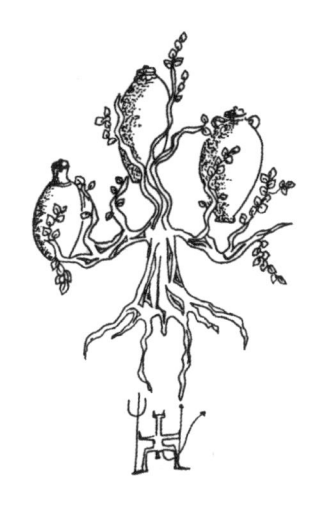

Existia, antigamente, um engenho muito antigo, cujo dono era muito mau. Quando os empregados do engenho não mostravam produção, ele mandava jogá-los no forno para queimar. Ele tinha muito ouro e muito dinheiro, tudo aquilo ganhado com roubo e coisas malfeitas. Ganhava maltratando as pessoas, que trabalhavam e ele não pagava. Com isso, o dono do engenho adquiriu uma grande riqueza.

De repente, este homem muito rico começou a adoecer, adoecer, e teve um pressentimento de que ia morrer. Ele ficou pensando:

— O que eu faço com tanto dinheiro e tanto ouro? Não vou morrer e deixar pra ninguém, nem para os meus filhos, nem pra ninguém.

Aí, ele teve uma ideia. Comprou vários porrões de barro e pôs todo o seu ouro e dinheiro dentro. Ele chamou um escravo forte que havia no engenho e foram para perto de uma grande gameleira, onde cavaram um buraco e enterraram todos esses potes. Acabado o trabalho, o que fez ele? Matou o escravo e o enterrou ali mesmo para ele não delatar onde estava a sua riqueza. Quando o homem chegou em casa, começou a procurar pelo escravo. Como estava chovendo muito, ele disse:

— Ah, ele deve ter morrido afogado.

Mas não é que o castigo de Deus não dorme? Dali a poucos dias, ele também morreu. Houve o funeral dele, com todo mundo chorando. A mulher dele obrigou todo mundo a botar luto, embora todos estivessem muito contentes por ele ter morrido, pois tinham se visto livres dele. Todo mundo chorou, só porque eram obrigados. Antigamente era assim, quando o dono de engenho não prestava, os parentes chamavam várias pessoas e mandavam chorar. Para isso, tinham várias mulheres chamadas choradeiras. Na minha terra mesmo, quando morria uma dessas pessoas, ia muita gente com aqueles véus pretos na cabeça, e aí começavam a chorar, dando ataque e tudo. Às vezes, a pessoa nem prestava. Pois foi o que aconteceu com o funeral deste homem.

Passado um tempo, as pessoas que passavam embaixo do pé da gameleira começaram a ouvir choro e corrente arrastando. Viam gato correr e cachorro também. Aí todo mundo começou a pensar: "Ai, que ninguém mais passa pelo pé da gameleira, ninguém passa por ali", que ali tinha isso, ali tinha aquilo.

Existia no engenho um senhor com vários filhos, que era muito maltratado, trabalhava de manhã à noite para o patrão de graça. Só tinha direito a comer a cruera, os restos da fazenda que o senhor mandava dar ao velho e aos seus filhos. Lá um dia, este velho estava dormindo quando viu o tal senhor de engenho, que chegou perto dele, bateu no seu pé e disse:

— Germano — que o nome desse velho era Germano —, Germano, Germano, acorde!

Aí Germano acordou e disse:

— Meu senhor, o que é que o senhor quer?

— Não é nada, eu venho na paz de Deus, não estou mais na paz do Diabo. Eu vim lhe pedir para ir lá no pé da gameleira, no pé da gameleira grande, e desenterrar seis botijas de ouro e dinheiro que tem lá. E fique tudo para você.

— Ai, meu senhor. Eu não posso fazer isso. Como é que eu vou fazer uma coisa destas? O pessoal vai me matar depois quando ver — respondeu o velho.

— Não tem nada disso. Eu mesmo vou dar de aparecer para as pessoas dizendo que fui eu que mandei você desenterrar esse dinheiro todo. Isso mesmo! Olha, você vai levar uma vasilha com incenso, uma vela e um terço, e vai fazer uma cruz, vai apanhar um pau, fazer uma cruz e levar assim na sua frente. Cê vai dar sete voltas em volta da gameleira e fincar a cruz. Eu vou lhe aparecer. Vão aparecer várias coisas para lhe assombrar, mas você não tenha medo. Você enfrente tudo com essa cruz e com o terço. Quando tudo cessar, você passe, mas você tem que ir sozinho.

Isso tudo o homem fez. Foi para o mato, tirou um pau e fez a cruz. Apanhou a vela e o terço, rezou e foi para lá. Ele rodeou o pé da gameleira e, quando todas as assombrações pararam, ele começou a cavar e tirou as seis botijas. Ele ficou muito rico e o avarento, o dono do engenho, começou a aparecer para o pessoal dizendo que tinha sido ele que tinha dado aquele dinheiro a Germano. Germano acabou rico, milionário, e acabou de criar os filhos dele. Esta é a história das patacas malditas. Por isso é que as patacas eram malditas, porque, enquanto elas estavam enterradas, ninguém tinha sossego.

IYÁ MI, A MÃE ANCESTRAL

Existia, antigamente, uma mulher de uma idade já avançada que teve um menino e, no ato de parir, morreu, indo para junto das mães ancestrais. Lá chegando, a mulher ficou muito triste por ter deixado o filho recém-nascido precisando mamar. Contam muitos casos de Iyá Mi como má, mas em tudo existe o mal e o bem. Um tem cumplicidade com o outro e, às vezes, o bem vence o mal. Foi o que aconteceu com Iyá Mi naquele dia. Ela chamou a mulher e disse:

— Olha, nós aqui, quando saímos do mundo, chegamos aqui e temos de esquecer tudo. Mas como você está assim, triste com o seu filho, eu vou lhe fazer virar uma coruja e você vai se assentar na cumeeira da casa que foi sua e ficar esperando. Quando não tiver ninguém no quarto, você se vira em uma mulher e amamenta seu filho. Isso acontecerá todos os dias até que ele fique forte e mais criado.

Assim a mulher fez, até que o menino não quis mais pegar no peito. Todos diziam:

— Engraçado, esta coruja todo dia senta em cima desta casa. Parece até agouro.

Mas nunca desconfiaram de que ela era uma mãe ancestral. Assim, ela se foi para o orun, para o céu, para nunca mais voltar. Só em casos de grandes necessidades é que elas vêm aqui.

A PENA DO EKODIDÉ

Existia numa aldeia uma sociedade só de mulheres virgens. Essas mulheres eram compradas por homens de posse só para se casar com reis e príncipes, e elas passavam pelos ensinamentos das anciãs. Existia, nessa aldeia, uma mocinha muito pobre e feia. Seu pai vivia muito triste e, um dia, disse:

— Eu sei que nunca vou achar um comprador para você, por isso vou te levar eu mesmo para o ensinamento das anciãs.

A menina ficou muito triste, chorou e foi deitar. Então, chegou uma mulher muito bonita à sua cama, com uma cuia tampada na mão, e disse:

— Olhe, amanhã é dia dos compradores virem. Eles vêm trazendo um príncipe para ele mesmo escolher uma mulher. Tem aqui ossum, waji, obi e ekodidé. Você come o obi e o resto passa no corpo. A pena de ekodidé, você coloca na testa como enfeite. Fique na janela, porém não diga nada a seu pai, pois ele vai para a roça e não deve saber.

A mulher entregou-lhe a cuia e a mocinha tornou a pegar no sono. De manhã, deixou o pai sair e fez tudo como a mulher mandou. Atou a pena na testa com uma iko, uma palha da costa. Nesse momento, vinha passando uma caravana com o príncipe. Ele olhou para a janela e, vendo a mocinha, ficou encantado.

— Que coisa linda! Será que é o que eu estou vendo?

Chegou perto da janela, dizendo:

— Minha iyaô! Minha noiva!

Todos ficaram boquiabertos e ajoelharam-se em frente à janela, admirados com tanta beleza e com a luz que emanava da bela donzela. O pai da menina veio chegando e o príncipe fez a oferta de casamento. Até o pai ficou admirado com tanta beleza. O casamento foi no outro dia e, quando ela foi dormir, sonhou que outra vez chegava junto à sua cama a mulher, que lhe dizia:

— Olha, eu sou Oxum. Você é minha filha! — e sumiu.

E a menina tornou-se uma princesa.

A RAINHA MÃE E O PRÍNCIPE LAGARTO

Havia em um lugarejo duas irmãs muito parecidas. A mais velha era muito má, a segunda, muito bonita. A mais nova era muito maltratada e hostilizada pela irmã, que se julgava a dona do mundo. Era só ela quem sabia das coisas. Sabe o que aconteceu? As duas se casaram. A mais nova se casou com um rapaz muito pobre, e a mais velha com um grande fazendeiro que a trazia no apogeu, mas, para a sua infelicidade, ela não conseguia engravidar. Enquanto isso, a irmã mais nova engravidou e teve um filho muito bonito. A irmã má pensou até em mandar matar o sobrinho. Sabe o que ela fez? Um dia, ela estava tão revoltada que disse:

— Eu vou fazer um pacto com o anjo do mal. Eu quero que ele me dê um filho, nem que seja com a cara de gente e o corpo de lagarto.

Daí uns dias, ela começou a se sentir enjoada e com muitos desejos. Tudo o que via, ela queria comer, principalmente folhas. Ela mandou chamar a irmã e disse:

— Olha, a felicidade não veio só para você. Eu estou grávida! E, de agora em diante, se eu já era feliz, mais feliz eu serei.

A irmã, pobrezinha, disse:

— Minha irmãzinha, não seja tão orgulhosa, pois eu sou pobre, mas também sou feliz.

Daí a nove meses, os sinos da cidade todos tocaram, pois acabava de nascer o filho da dona de todo aquele lugar. Mas não é que ninguém teve o direito de ver a criança! Cada dia ela inventava uma coisa. Um dia foi que ele estava resfriado, outro dia era que, por recomendação médica, ele não podia ser visto.

Os anos foram se passando e o menino, que tinha a cara de gente e o corpo de lagarto, dizia todo dia que queria se casar. A mãe ficou apavorada. Como ela iria casar o lagarto? Qual a moça que ia querer? Que fez ela? Colocou um encarregado para arrumar as noivas para o filho, dando uma boa quantia em dinheiro. No meio de todas aquelas moças do lugarejo, tinha uma que era muito pobrezinha, mas muito bonita. A mãe do príncipe lagarto logo disse:

— Você traz todas, menos aquela lambisgoia que mora na beira do rio.

Todas as moças que iam lá na tal casa nunca mais ninguém via, sumiam. Já era uma coisa comentada no lugarejo. Um dia, essa menina que morava na beira do rio estava sentada na beira d'água quando surgiu uma moça muito bonita, com um coité na mão, e lhe disse:

— Olha, minha filha, aqui dentro tem o adê, o ossum e o ofá. Leva para sua casa que você vai ser chamada por aquela mulher orgulhosa para ver se o filho dela a aceita, pois todas que lá foram ele já matou. Só falta você. Não tenha medo, pois um milagre vai acontecer. Confie em mim. Eu sou Iyá Omi, mãe das águas.

A menina ficou cabisbaixa, pensativa, com aquele coité na mão. Quando procurou a moça, ela já não estava mais ali perto. Ela, então, correu para casa e contou o que tinha acontecido para seu pai. O velho disse:

— Minha filha, deixe de ilusão. Nós somos pobres demais para isso acontecer.

Quando estavam assim, em conversa, bateram na porta:

— Ô de casa!

— Chega bem chegado. O que o senhor deseja? — respondeu o velho.

O homem respondeu:

— Eu venho por parte da fazendeira, dona de todo esse lugar, pois o filho dela quer casar. Ela mandou buscar a filha.

— Só agora? E as outras? — perguntou o velho, desconfiado.

— Estão todas muito bem lá, porque ainda vai haver a seleção — respondeu o enviado da mãe do príncipe.

O homem ficou desconfiado, mas a menina saltou e disse:

— Papai, eu vou. O senhor se esqueceu das palavras de Iyá Omi?

Falando isso, acompanhou o mensageiro. Chegando lá, a fazendeira, muito falsa, abraçou-a, e adentrando pela casa, lhe disse:

— Minha filha, venha conhecer o seu noivo.

Mas a mulher já esperava que, quando ele terminasse de ver a moça, ele a matasse, como matou as outras. Daria o bote e a mataria. Mas qual não foi a sua surpresa! A menina tirou de dentro de suas vestes o coité com tudo o que Iyá Omi lhe dera e mostrou para o lagarto, que ficou embevecido, e olhando foi se transformando em um grande mancebo. Com seus lindos braços, ele chamou a menina para perto de si e a levantou.

Tal não foi a alegria de todos os presentes! Houve um grande casamento, com todas as pompas. A tia do príncipe, irmã de sua mãe, compareceu muito bonita e feliz, pois ela era boa, e a felicidade de sua irmã era a dela. Houve festa por três dias no lugar, com fogos de artifício e muita comida. Até eu compareci à festa e fiquei muito feliz. A mãe do menino foi chamada a se explicar sobre o desaparecimento das outras donzelas. Até hoje ela está sendo julgada.

O HOMEM QUE SE CASOU E QUERIA TER FILHOS*

Existia num lugarejo um homem que se casou e tinha uma vontade danada de que sua mulher parisse. Mas no lugar onde eles moravam era muito difícil encontrar uma aparadeira, uma parteira. Quando a mulher dele engravidou, o povo começou a lhe dizer:

— Fulano, sua mulher já está muito velha para parir.

— Que nada! Eu tenho fé em Nanã que vai dar certo — disse ele, pois era devoto de Nanã.

Quando estavam chegando os nove meses, o homem sonhou que Nanã mandava sua mulher sentar na beira de uma quarta de milho de farinha, que é uma caixa de madeira que no interior se usa para medir farinha, feijão, arroz, milho e cereais. Nanã mandava que, depois de sentar com as pernas abertas, a mulher forrasse o chão com bastante pano, e que ele desse uma garrafa a ela para assoprar. Ele, com um chapéu de palha na cabeça, deveria dizer assim:

---

* Esse conto é dedicado à minha filha Estelita.

*Na quarta tu te senta, a garrafa vai assoprando,
com chapéu eu te abano, e o filho tu vai botando,
em nome de Nanã, que vai te ajudando.*

Assim eles fizeram. Então a mulher pariu, e ele mediu três dedos e cortou o umbigo da criança. O homem enterrou a placenta com cuidado no quintal, com jeito para não botar emborcada. A criança se tornou um lindo menino, que eles deram a uma senhora que morava ali perto para batizar. Essa senhora não tinha filhos e era iniciada de Nanã. Até hoje, essa senhora é muito feliz por ter esse afilhado, e o pai satisfeito por Nanã ter ajudado a sua mulher a parir.

O MENINO QUE TINHA MUITO SABER*

Um homem tinha um filho que era dotado de grande sabedoria. O menino era muito respeitado por todos, mas seu pai dizia:

— Menino, você para, que eu não quero ver você envolvido nessas coisas de adivinhação.

Mas o moleque cada vez mais adquiria poderes. Vinha gente de longe para ouvir suas palavras e seus ensinamentos. Um dia ele acordou e disse para o pai, que era lenhador:

— Pai, esta noite tive um sonho com um velho que me dizia que tinha visto através dos búzios que hoje é quinta-feira, e que o senhor não deve cortar madeira, que algo muito ruim vai lhe acontecer.

O homem deu uns cocorotes no menino e foi para a mata trabalhar, sem se importar com o aviso. Lá chegando, foi cortar uma árvore. Perto desta árvore, quando ele começou a trabalhar, veio um vulto a espreitá-lo, e que fazia:

— Ôooi! Ôooi!

---

* Esse conto é dedicado à minha filha Estelita.

Ele ouvia isso toda vez que ele suspendia o machado para cortar a árvore.

— Ah! Isso é ilusão. Eu estou com as maluquices daquele menino na cabeça. Vou continuar meu trabalho, pois não são essas maluquices que vão me dominar.

Meteu o machado e cortou a árvore. Ela caiu sobre as suas pernas e o machucou bastante. O filho, que estava em casa, teve um pressentimento, pois não viu o pai chegar. Ele andou até a mata e o encontrou desmaiado com a árvore em cima das pernas. Chamou a vizinhança, que o levou para casa, mas o lenhador ficou paralítico. Isto é o preço pago pelas pessoas que, às vezes, não ouvem um conselho e pensam que só elas são sábias. Todo ser que aqui na terra habita tem a sua hora. As árvores também têm a sua. Elas são responsáveis pelo progresso da mãe natureza e não devem ser molestadas.

A MULHER QUE SABIA DEMAIS

Existia uma mulher que achava que tudo quem mais sabia era ela. Uma amiga lhe disse:

— Mulher, tira essa mania de tudo você dizer que sabe mais do que os outros.

Os amigos e a vizinhança já andavam aborrecidos com ela e não queriam mais conversa, pois só ela sabia de tudo e sempre tinha razão. De certa feita, armaram uma cilada para desmascará-la.

— Olha, vai haver uma festa na cidade e todos nós fomos convidados. E você? — perguntaram à mulher.

— Ah! — ela logo gritou. — Eu estou sabendo, pois até me chamaram para sair na frente da carroça — pois, naquele tempo, não havia carro.

Aí, alguém logo disse:

— Mas será que você sabe que quem chegar primeiro à praça, e com o vestido mais engraçado, vai ter um prêmio?

— Eu sei! E já tenho uma ideia — ela logo respondeu.

Então ela foi para a casa e começou a fazer a fantasia, a mais horrenda possível. E arrumou a sua carroça, mas ao mesmo tempo ficou matutando:

— Eu não vejo ninguém falar nada... Hum... Mas, como é competição, tá certo!

No dia da festa, ela levantou cedo, se arrumou e foi para a praça, que já estava cheia. Ela começou a desconfiar de que tinha caído numa armadilha e perguntou:

— Como é que é? Não vai haver competição?

E aí todos começaram a rir e a vaiá-la.

— Ô mulher! Você não sabe tudo? Como você não sabia do que nós armamos para você? Pois tudo aquilo que lhe falamos você diz logo "Eu já sei!" E não é assim! Ninguém sabe tudo. Às vezes, temos que recorrer aos nossos irmãos, pois quem sabe tudo é Olorum. Tanto assim que ele criou a nós e a você. Isso vai lhe servir de exemplo.

A FILHA QUE FICOU MUDA PORQUE FEZ A MÃE PASSAR VERGONHA

Uma mulher tinha uma única filha que ela cercava de dengo. Tudo o que a filha queria a mãe comprava. Era sapato, enfeites e tudo o mais. Mas a filha nunca estava satisfeita. Se a mãe falava alguma coisa, estivesse onde estivesse, a filha saía respondendo com duas pedras na mão. A mãe, de tanto cobrir a filha de presentes, nunca tinha dinheiro que desse para comprar nada para si.

Um dia, ia haver uma festa na igreja e convidaram a mãe para ir, e ela começou a matutar:

— Mas eu não tenho roupa!

Aí ela pensou:

— Eu vou apanhar uma roupa de Juvita — este era o nome da filha.

Feito isso, ela se foi para a festa da igreja. Lá chegando, quem já lá estava? A filha. A mãe ficou sem graça porque a megera já olhou de cara feia, mas ela fez que não entendeu. Na hora em que o padre suspendeu a hóstia, a filha gritou bem alto, para que todos ouvissem:

— Essa não! Você não vai se ajoelhar para sujar o meu vestido de seda! Se quiser, fique em pé.

Então a mãe continuou de pé e todos se voltaram para olhar a mulher, que estava chorando, envergonhada. Quando acabou a missa, as duas saíram, porém a filha ruim nunca mais falou. O seu castigo veio na hora.

TOMAZIA

Existia uma senhora de engenho que criava uma menina muito bonita chamada Tomazia. A mulher começou a desconfiar de que Tomazia era filha do marido dela. O que fez ela? Chamou uma outra escrava, que também não gostava muito de Tomazia, e que foi atender a senhora toda contente, toda faceira. Tomazia, coitadinha, estava sentada junto da senhora, tecendo. A senhora virou para a escrava e disse:

— Olha bem para essa negrinha e veja se ela não parece bem com o meu marido.

— Agora que a senhora tá vendo? — respondeu a escrava. — Ela é a cara dele. Eu pensei que a senhora já soubesse. É o que todo mundo fala.

Isso foi o bastante para aguçar o instinto perverso da senhora. O que ela fez? Ela pegou um anel de brilhante dela, chegou embaixo de um pé de baobá, que é uma árvore africana, cavou e botou lá a sua joia. No outro dia, ia ter uma festa. A senhora começou a procurar o brilhante, procura o brilhante daqui, procura o brilhante dali, e não achava o brilhante. Chegou ao ouvido do marido e disse:

— O pior é que a escrava Laura já me disse que quem roubou o brilhante foi Tomazia, que ela viu. Tomazia foi buscar água e estava com o meu brilhante no dedo. Quando Laura viu, que reconheceu que o brilhante era meu, Tomazia pegou o anel e jogou no rio. E eu quero meu brilhante, eu quero meu brilhante.

O homem então chamou Tomazia, que disse que não tinha roubado o brilhante e começou a chorar. Naquele tempo, quem roubava tinha que ser queimado. Então, fizeram uma fogueira, que o castigo de Tomazia era ser queimada na fogueira em praça pública. O dono do engenho não queria, porque ele sabia que Tomazia era filha dele, mas tinha que ser assim. Ele não podia voltar atrás na palavra dele. E lá se foi Tomazia para ser queimada.

Havia no lugar uma muda, uma mulher que nunca tinha falado. Quando estavam levando Tomazia, e estavam chegando perto da fogueira, a muda, que chegava até a ser parenta da própria senhora de engenho, gritou:

Não mate Tomazia!
Não queime Tomazia!
Não mate Tomazia!
Não queime Tomazia!
A senhora escondeu o brilhante no pé de baobá.

Então, todo mundo se levantou e saiu correndo numa algazarra. Quando chegaram ao pé de baobá e cavaram, lá estava o brilhante. Tomazia foi solta. Mas para quem levantava falso testemunho, naquele tempo, e para quem roubava, também tinha castigo. A senhora do engenho então acabou queimada, junto com a escrava que ajudou a condenar Tomazia. E Tomazia ficou como a dona do engenho, pois tudo aquilo era do pai dela.

O MEALHEIRO

Existia uma mulher, descendente de africanos, que era gêmea. Por isso, ela tinha grande devoção aos Ibêjis. Todo ano, ela guardava dinheiro num mealheiro de madeira para um grande caruru de Ibêjis. Vocês sabem o que é um mealheiro? É uma caixa toda fechada, com um talho em cima, onde só passa uma moeda. Essa mulher era casada com um homem chamado Obasseju, e ela se chamava Familaká. Um dia ela sonhou com os Ibêjis, que lhe diziam:

— Olha, Familaká, você, este ano, não tem dinheiro para nós, pois seu marido abriu o mealheiro, tirou o dinheiro e lá botou pedaços de ferro e dinheiro sem valor.

Ele bebia muito e era viciado em jogos de cartas. Ela aí foi ver e balançou o mealheiro para ver como estava. O que fez ela? Chegou ao marido e disse:

— Eu tive um sonho que você tirou o dinheiro do mealheiro dos Ibêjis.

Ele arregalou os olhos e disse:

— Olha, me perdoa. Tirei mesmo, abri o fundo e depois botei prego lá dentro. Só tem pedra e dinheiro sem valor.

Nesse ano, o caruru foi menor por causa da irresponsabilidade desse homem.

AYNÁ

Ayná era muita sábia e bonita, mas tinha um grande problema. Onde ela passava, ia atrás dela uma legião de homens, o que lhe causava grandes problemas com as outras mulheres, que não a viam com bons olhos. Os comentários sobre ela iam longe. Ali perto morava um destemido ferreiro que era chamado de Ologum, e, toda vez que ela passava por ele, Ologum sempre dava suas olhadelas atravessadas. Mas ele, por ser bem forte e reluzente, tinha o cuidado de ser discreto, para não arrumar ainda mais complicações para a vida de Ayná.

Um dia, ele estava trabalhando quando viu a negra vindo com a sua gamela de acarajé na cabeça, toda faceira, mexendo os ombros e os quadris para lá e para cá. Ele ficou olhando. De repente, várias mulheres saíram de vara em punho e começaram a bater na negra. Ologum correu para acudir, dizendo:

— Aqui! O que é isto? Se bater numa mulher assim! Não se pode mais nem andar sossegado que tem confusão?

Ele pegou Ayná e a levou para casa. Ele mandou que ela tomasse banho, costurasse a roupa que estava rasgada e comesse. Os dias foram se passando e a negra não ia embora, nem Ologum mandava. Como vocês sabem, o álcool perto do fogo só pode incendiar. Os dois iniciaram um namoro que deu o que falar, causando inveja e disse me disse. Mas os dois não estavam nem aí para o que os outros falavam. Era ele trabalhando na forja e ela tecendo abano e balaio para vender na feira.

O agarramento era danado, mas, um dia, o ferreiro teve que viajar para outra cidade para vender suas ferramentas, que eram muito procuradas. Enquanto ele estava fora, a negra só ficava na janela ou embaixo de uma palmeira, sentada, à vontade. Então, chegou ao lugar um negro também muito bonito, com uma coroa na cabeça, que foi dizendo:

— B'as tarde! Será que nesta casa tem água que a senhora possa matar a minha sede?

Ayná ficou toda dengosa e se levantou para apanhar a água. Ele a acompanhou, fazendo-lhe elogios, e ela se desmanchando toda. Entrou em casa, e ele foi atrás. Então, ele viu um banco e falou:

— Eu estou todo cansado. Posso me sentar?

— Mas seja breve, pois meu marido pode chegar — disse ela, mais que depressa.

Ele bebeu a água e continuava a conversar. Chegou a noite, aí Ayná disse:

— E agora, como é que fica? Aqui é perigoso. Eu tenho um quarto aí onde meu marido não vai. Caso ele chegue, não tem perigo de vê-lo.

Nessa noite, o ferreiro não chegou, e eles dormiram juntos. Sempre que o ferreiro viajava, o negro de coroa e cetro encostava. Mas vocês sabem que tudo um dia vem à tona, principalmente o malfeito. A notícia da infidelidade da negra correu por aquelas bandas. Passavam mascates, caçadores, também, que começaram a ouvir as histórias fantasiosas sobre a negra. Ouvindo uma destas, um caçador que estava em viagem por aquelas bandas logo ficou assanhado e foi se chegando. No dia que o ferreiro viajou, o caçador procurou conversa com Ayná, que ficou toda assanhada, do mesmo modo que ficou com o negro da coroa. Ela o convidou para dormir junto, e logo o caçador forasteiro aceitou.

Ayná, até dormir com o negro da coroa e o caçador, ainda era virgem, pois o ferreiro nunca a possuiu. Ele achava Ayná tão linda que ele beijava, abraçava, mas não tinha sexo com ela, pois não queria magoá-la. Os outros homens não a respeitaram a tal ponto, e ela gostou. Um dia, o ferreiro começou a notar que o seu corpo estava diferente e começou a desconfiar. Ele fez Ayná tirar a roupa e viu sua barriga grande. Ele logo viu que ela estava grávida. Ologum pegou uma lâmina de ferro em que ele estava trabalhando e saiu correndo atrás dela para matá-la. Quando o povo viu aquilo, fechou as portas de suas casas. O único que ficou com o portão aberto foi o cemitério, onde ela entrou correndo, dizendo:

— Ilê Iku!

E se escondeu atrás de uma sepultura. Ali ficou, pois ninguém podia esperar que ela fosse tão corajosa. O ferreiro voltou para casa e não quis mais saber dela. Ela só apareceu depois que pariu seus nove filhos, cada qual mais feio do que o outro. Quando perguntavam quem tinha sido o homem tão potente que lhe fez tantos filhos, ela respondia:

— Foi Iku, a morte.

Ayná não quis saber dos filhos, que voltaram para morar no cemitério, e ela os desprezou. Até hoje existem pessoas que dizem que os filhos dela eram do homem da coroa, outros dizem que eram do caçador, mas só quem sabe é ela. Não devemos afirmar o que não sabemos.

O HOMEM QUE QUERIA ENGANAR A MORTE

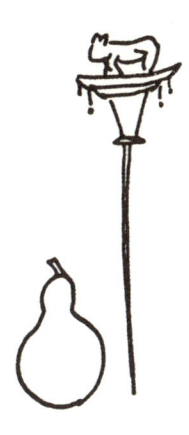

Um homem só tinha um filho. Este menino adoeceu, ficando muito mal, e já não havia nada para se fazer por ele. Um dia, o homem estava em casa quando bateram na porta e ele veio abrir. Era uma senhora que se apresentou dizendo que era a Morte e que tinha vindo buscar o menino. O homem começou a chorar e se abraçou com a Morte, implorando:

— Não leve meu menino, pois eu vou ficar sozinho. Não tenho mulher, nem mais filhos.

A Morte disse:

— Que conta eu vou dar a Olorum, pois tenho responsabilidade? — perguntou a Morte.

Ele tanto chorou, tanto se lamentou, que a Morte levantou o menino da cama e disse:

— Olha, ele vai ficar contigo e vou ver o que eu converso com Olorum. Daqui a sete anos, eu venho buscá-lo.

O homem respondeu:

— Dona Morte, se é da senhora levar ele daqui a sete anos, leve a mim, pois já estou mais velho, já gozei muito a vida.

A Morte olhou para ele e disse:

— É, no lugar dele, daqui a sete anos, eu levo você.

Assim, a Morte saiu e foi embora. O homem ficou contente, pois o filho dele ficou com saúde.

— Daqui a sete anos eu arquiteto um plano, não vai eu nem vai você. Pois ela pensa que é sabida, só que eu sou mais!

Exatamente no dia em que estava fazendo os sete anos, ele acordou e disse:

— Ah, meu filho... Eu me lembrei de que é hoje que a Morte vem me buscar. Já sei o que vou fazer!

O homem era barbudo, cabeludo e branco. Ele comprou uma cabaça, partiu no meio, enrolou o cabelo para cima e botou na cabaça. Raspou a barba e o bigode, pegou tinta preta, pintou todo o corpo de preto e se sentou quieto num canto da casa. Não demorou muito, bateram na porta, e o menino veio abrir.

— Cadê seu pai? — perguntou a Morte.

— Papai viajou e não sei quando volta.

— Eu estou tão cansada... — disse a Morte, olhando para o lado do negro careca sentado.

Ela chegou perto do homem e botou a mão na sua cabeça, dizendo:

— Olha, eu vim procurar um branco cabeludo, mas só encontrei um negro careca, ele serve.

— Dê lembranças ao seu pai — despediu-se a Morte, saindo porta afora.

O menino, que não tinha entendido o que a Morte dissera, foi logo correndo falar com seu pai.

— Papai! Graças a Olorum conseguimos enganar a morte! — gritou o menino.

Mas, ao chegar perto do pai e colocar a mão nele, o corpo caiu. Isto é um exemplo para quem gosta de enganar os outros, fazer trato e não cumprir.

O COLHEDOR DE FOLHAS

Antigamente, não existiam tantos médicos e era muito difícil para a pessoa pobre conseguir tratamento. O que se usava nos tratamentos eram as folhas e as raízes. Graças a Olorum e Ossâim, este hábito milenar está voltando.

Nesses tempos, existia um homem que vivia de apanhar ervas para vender. Ele ia chegando, entrava no mato, não pedia licença e não tinha hora. Passou muito tempo nisso, e ele achando que o mato não tinha dono. Mas ele começou a sentir dificuldade de encontrar certas folhas de grande utilidade. Ele começou a ficar cabreiro e a achar que alguma coisa não ia bem.

Existia, perto dali, uma Tia africana, e ele foi se queixar a ela:

— Olha, Tia, eu sempre tirei folha para vender, mas agora eu entro no mato e não acho nada. Até parece que algo de ruim está para acontecer. Tropeço em cobra, marimbondo me morde, os mosquitos me pegam, a tiririca me corta. Até parece coisa mandada.

A velha estava calada, só escutando. Quando ele acabou de contar, ela disse:

— Você gostaria que alguém entrasse em sua casa, apanhasse o que é seu, chegasse em sua plantação, colhesse tudo e saísse sem lhe dar satisfação? Pois é isto aí! O dono dos matos não está gostando da sua ousadia. Entrando na sua casa sem pedir licença e saindo sem dar satisfação!

— Veja! Mato ter dono! — respondeu ele com uma risada.

— Não ria, pois o pior pode vir a lhe acontecer. Experimente entrar mais uma vez para colher folhas sem levar um agrado nem pedir licença — respondeu a velha africana.

Ele ficou com medo e disse:

— Ô, Tia, me socorre, pois eu tenho filho para criar.

— Tá com medo?

— Eu estou. Se é assim como a senhora falou... — disse o homem.

A velha viu que ele estava falando a verdade e se levantou. Apanhou um cachimbo, uma garrafa de cachaça, um punhado de milho, um pedaço de fumo, um fósforo, uma vela e um coité.

— Vai. Leva isso e ainda essa moeda, entra e pede agô a Ossâim.

A partir desse dia o catador de folhas passou a pedir agô, licença, a Ossâim, e toda vez que ele ia para o mato, levava uma oferenda. Assim, ele voltou a encontrar as folhas que ele buscava.

O PESCADOR TEIMOSO

Existia numa aldeia um pescador muito avarento. Quando ele lançava a rede ao mar, pegava até os peixinhos, por menores que fossem. Mas a deusa do mar não estava gostando. Um dia, ele sonhou com uma mulher dizendo:

— Olha, você não faz mais isto, pois isto é uma devastação da natureza.

Ela disse que aquilo era prejudicial até para o seu próprio sustento, que ele deixasse de ser avarento e carregasse só os peixes já grandes.

Ele acordou e contou para sua mulher:

— Sabe o que me aconteceu? Eu sonhei que vinha uma mulher e me dizia que eu deixasse de pegar peixe miúdo. Ah, isto tudo é ilusão! Eu não acredito nessas bobagens.

Aí a mulher lhe disse:

— Tome cuidado. Eu acho que você deve consultar um olhador.

— Mulher, mulher, deixe de invenção — respondeu o pescador.

Mas acontece que, a partir daquele dia, toda vez que ele ia pescar, não vinha nada na rede. Então ele disse:

— Eu acho que eu vou consultar esse tal de olhador.

E lá se foi ele. Chegando à casa do olhador, o homem foi logo lhe dizendo:

— Entre, homem, se aproxime e sente.

— Eu estou aqui para lhe fazer uma pergunta... que de uns dias para cá eu lanço a rede no mar e não pego peixe — disse ele ao olhador.

— Olha, Yemanjá está muito aborrecida com você, e ela quer uma oferenda — respondeu o olhador.

— Seu olhador, eu não sou muito de acreditar nessas coisas, mas o que ela pede?

— Simplesmente — respondeu o olhador —, cê oferece pra ela flores, frutas e enfeites para mulher. E ponha a mão na água três vezes pedindo perdão a ela do que você fez e das suas palavras.

Isto o pescador fez e, a partir daí, toda vez que ia pescar, que lançava a rede, vinha cheia de peixes graúdos, e a vida dele começou a prosperar.

A FORTUNA QUE VEIO DO MAR

Antigamente, existia um homem muito bom, mas muito pobre. Todos os seus irmãos o humilhavam, pois ele não passava daquilo, por mais que trabalhasse. O nome dele era Ijiberu, pois ele era filho de Omolu. O trabalho dele era pescar. Um dia, ele disse:

— Mulher, eu acho que vou deixar a pescaria. Vou vender a tarrafa, o puçá, o anzol e tudo, e vou deixar a vida de pescador.

Existia ali um oluô muito acreditado, chamado Tio Joaquim. A mulher, então, lhe disse:

— Eu, se fosse você, primeiro consultava Tio Joaquim.

Ele tinha muita fé com os orixás e respondeu:

— Eu vou.

Botou o chapéu e saiu. Quando foi chegando à porta de Tio Joaquim, o velho foi dizendo:

— Você vem me perguntar pro modo d'eu te dizer o que fazer, mas eu já sei. Mas vamos entrando, tome assento.

Tio Joaquim pegou o opelé, jogou e disse:

— Olha, a resposta eu já sabia, mas aqui diz pra dizer pra você que está perto de você ficar rico. Sua fortuna vem do mar, trazida por um peixe. Não diga nada a ninguém.

O homem foi para casa e contou para a mulher o que o oluô falou e pediu segredo. No outro dia, a mulher do pescador encontrou a esposa de um dos irmãos do seu marido, que lhe perguntou:

— Seu marido já deixou de ser pescador?

Ela pensou e disse:

— Não, porque um oluô disse a ele que a fortuna dele vai chegar através de um peixe.

A mulher riu:

— Além de pobre, é doido.

E chegou em casa e contou ao marido, que contou para os outros irmãos, que continuaram a zombar do casal. Mas Ijiberu continuou pescando. Um dia, ele lançou a rede e, na hora de puxar, o peso era tanto que ele quase não aguentou. Quando ele viu, tinha um peixe enorme, com um barrigão. Ele e a mulher enrolaram o peixe e o levaram para casa. Chegando lá, quando abriram a barriga do peixe, só acharam moedas de ouro, braceletes e correntões. Eram muitas joias que ele vendeu e comprou fazenda de gado e um palácio. Seus irmãos passaram a bajulá-lo e deixaram de humilhá-lo. Até hoje, ele conserva sua fortuna, mas os irmãos passaram toda a vida na mesma. Não se deve zombar dos outros.

OYÁ SEJU

Oyá Seju era uma negrinha muito sapeca que era criada por uma mulher muito severa. A mulher não deixava Oyá Seju parada, era OyáSeju pra lá, Oyá Seju pra cá.

— Oyá Seju, lava a louça!

— Oyá Seju, vai à feira!

— Oyá Seju, passa a roupa!

— Oyá Seju, apanha meu saco de costura!

Oyá Seju já vivia danada, e suas perninhas sempre finas. Eram tão finas que pareciam uns gravetos.

Um dia, a senhora virou e disse:

— Olha, negrinha, eu vou te dar esse pote de mel para você ir vender. Só me apareça quando vender tudo.

Lá se foi a sapeca da negrinha com o pote na cabeça. Perto dali, morava um negrinho, capetinha como ela, e os dois, quando se encontravam, pintavam o sete. Nesse corre pra cá, corre pra lá, quebraram o pote de mel. Aí, os dois se puseram a chorar. Então, veio de lá o gambá todo sujo de mel, com o corpo cheio de folhas, e viu os dois sentados na beira da estrada chorando. O gambá logo se condoeu e perguntou, pois nesse tempo os bichos falavam:

— O que houve com vocês que tanto choram?

— Eu quebrei o pote de mel que minha sinhá mandou vender, mas o culpado foi esse capeta, pois eu sou uma boa menina — disse Oyá Seju.

O gambá olhou assim para ela, desconfiado, e começou a rir, dizendo:

— Eu sei. Pelos seus olhos e sua cara, já vi que você é um anjo! Só falta a asa. Mas eu estou com pena de vocês, e sei onde vocês podem arrumar mel. Só digo se você, negrita, falar a verdade. Vocês são irmãos?

A moleca logo gritou:

— Eu sou lá irmã deste moleque? Você veja, o nome dele é Idjebi. Que nome feio é este!

O gambá lhe disse:

— Você sabe o que quer dizer o nome dele? Quer dizer "sem culpa", e ele é um menino bom. Até agora, eu só ouvi você condenar ele, e ele assumindo a culpa. E você aí com essa cara de santa! Olha, eu só digo onde tem o mel se você também assumir a culpa, do contrário, eu deixo você apanhar.

A negrinha levantou e disse:

— Olha, seu gambá, fui eu que chamei ele pra brincar. Aí derramamos o mel.

— Olha, a casa da comadre abelha é aqui perto. Ela é muito caridosa e trabalhadeira. Ela dá o mel a você. Num instante, ela faz outro. Mas não diz a ela que fui eu, pois eu não posso aparecer, porque toda noite eu vou lá roubar o seu mel — disse o gambá.

O gambá ensinou como chegar à casa da abelha, e lá se foram eles. A abelha, que era muito boa, deu o mel, nem vendeu. A negrinha foi para o mercado, vendeu todo o pote de mel e levou o dinheiro para sua senhora.

Sabe, essa história coloca que a gente nunca deve tirar da nossa culpa e botar no nosso irmão. Logo, Oyá Seju estava errada e Idjebi, por ser um bom menino, não a condenou em nenhum momento.

O BEM-TE-VI FALADOR

O bem-te-vi é um pássaro muito vivaz e esperto. Seu canto é interessante, porque parece que ele diz: "Eu te vi! Eu te vi!" Ele ocupa um lugar importante na religião afro-brasileira, pois é mantenedor de axé e tem utilidade na religião.

Existia um fazendeiro que tinha um vaqueiro casado com uma mulher muito bonita. O fazendeiro andava se engraçando, arrastando a asa para o lado da mulher do vaqueiro. Mas ela dizia:

— Olha, eu gosto muito do meu marido e por nada deste mundo eu traio ele.

O fazendeiro ficava danado. Ele então arquitetou um plano e disse:

— Eu vou matar esse vaqueiro e ficar com a mulher dele

Um dia, disse para o vaqueiro:

— Você vai fazer uma viagem para mim.

Mas, naquele dia, estava chovendo muito, todos os rios estavam cheios.

— Você dorme aqui para sair de madrugada — disse o fazendeiro para seu vaqueiro.

O vaqueiro aceitou e falou para a mulher:

— Eu vou dormir na casa-grande, que é melhor.

E lá se foi. Mais tarde, o fazendeiro lhe disse:

— Vai dormir que a viagem é longa.

Quando o vaqueiro dormiu, o fazendeiro foi lá e matou o homem. No fundo da casa-grande, tinha uns pés de mangalô e uns pés de bananeira, onde dormiam vários pássaros, inclusive o bem-te-vi, que acordava cedo e logo começava a cantar. Foi ali que o fazendeiro enterrou o pobre vaqueiro.

Passaram-se vários dias, e como o vaqueiro não voltava, sua mulher começou a ficar preocupada e foi à casa-grande saber do paradeiro do marido. O fazendeiro lhe disse:

— Ele é um irresponsável! De repente arrumou alguma mulher e ficou por lá. E se ele bebeu muito e caiu no rio e morreu afogado?

Mas a mulher e os parentes não se conformavam. Havia um homem que tinha poderes para ver no opelé as coisas, era um oluô, e os parentes do vaqueiro resolveram consultar o homem. Logo de saída, o oluô foi dizendo:

— Tem aqui um recado de Ossâim, que diz para vocês colocarem no mato uma oferenda para ele, uma cabaça partida ao meio, milho torrado, um cachimbo e fósforo. Coloque também um pedaço de fumo e uma aguardente, que logo vocês saberão o destino dele, o destino do vaqueiro.

Os parentes logo foram botar a oferenda no mato. Quando a mulher voltava da oferenda, encontrou com o fazendeiro, que lhe fez novas propostas. Ela respondeu:

— Ninguém neste mundo me faz trair meu marido.

O homem lhe respondeu:

— Deixa de ser boba! Rei morto, rei posto.

— Como o senhor sabe que ele está morto? — perguntou ela.

— Não, eu não sei. Eu só estou é achando — respondeu o fazendeiro.

Eles estavam embaixo de uma árvore, embaixo de uma mangueira. Nesse momento, uma voz disse:

— Eu te vi! Eu te vi! Eu te vi! Eu te vi!

O fazendeiro esbugalhou os olhos e, na mesma hora, saiu correndo, gritando:

— Você não viu nada! Você não viu nada!

A mulher olhou para cima da mangueira e viu o bem-te-vi, com seu lindo amarelo e preto e branco, e ficou pensando na oferenda que tinha posto para Ossâim. Ela, então, correu para casa e falou com seus parentes, que logo foram à polícia, e deram parte do fazendeiro. Ele foi chamado e não teve como negar. O fazendeiro foi preso e mostrou onde tinha escondido o corpo do vaqueiro. Logo, vejam vocês, o crime não compensa, e ninguém tem o direito de tirar a vida alheia.

A fé também está incutida neste conto. Ele matou o vaqueiro, e o bem-te-vi não estava dizendo que tinha visto o homem matando. É simplesmente o seu canto que faz com que ele diga: "Eu te vi! Eu te vi!" Mas, como o fazendeiro tinha culpa, logo pensou que o bem-te-vi estava dizendo: "Eu te vi esconder o corpo e matar o seu empregado."

A LAGARTIXA SABIDA

A lagartixa é muito sabida e se dizia muito amiga do cágado. Um dia, a lagartixa convidou o cágado para ir passear no bosque. Era o mês de setembro, época em que todas as árvores estavam com flores, algumas já dando frutos. Quando eles estavam andando, viram uma árvore carregada de frutos amarelos. O cágado exclamou:

— Comadre lagartixa! Olhe para aquela árvore, como tá toda carregada de frutinha amarela! Parece que é gostosa.

— Compadre cágado, eu tenho medo de comer essa fruta, que eu não sei se mata — respondeu a lagartixa.

— Que nada, comadre lagartixa! — foi a resposta do seu compadre.

Aí, o que fez a lagartixa? Ela olhou, olhou, olhou. Ela tinha uma maneira de descobrir quando a fruta era venenosa ou não, só pelo cheiro. Ela botou o focinho para cima e cheirou o ar.

— É, essa serve para comer. — disse ela, com os seus botões.

Mas ela, usurária, virou para o cágado:

— Compadre cágado, sabe o que o senhor vai fazer? O senhor vai na casa de compadre calango, que é aqui perto. Compadre calango é um grande conhecedor destes frutos silvestres. Pois vá perguntar a ele como é o nome desse fruto.

Assim que o cágado deu as costas, ela subiu na árvore e começou a comer as frutas, jogando as cascas para baixo. Vocês sabem que o cágado anda devagar. Ele foi até o meio do caminho e depois disse assim:

— Daqui eu ir até a casa de compadre calango e voltar, comadre lagartixa... Hum... Eu tô desconfiando de que comadre lagartixa tá é me enganando! Eu vou inventar um nome, vou chegar e vou fazer ela subir na árvore. Vou dizer que eu já perguntei a compadre calango, inventar um nome, que é para ela subir e começar a chupar as frutas. Se não matar a comadre, eu também como, que ela vai jogando para baixo para mim.

Aí, ele veio pelo caminho, cantarolando:

É miserembá,
Não me chame calungá!
É miserembá,
Não me chame calungá!
É miserembá!

O cágado é que inventou esse nome, que a fruta se chamava miserembá. Quando ele chegou debaixo da árvore, que olhou pra cima, viu a lagartixa na árvore, coberta de cascas da fruta. A lagartixa chegava a estar dormindo de barriga cheia. O cágado ficou é danado, porque, coitado, perdeu aquele tempo todo andando na areia quente. E isso é uma das sabedorias da lagartixa.

A ASTÚCIA DO MACACO

Vocês sabem que o macaco é muito sábio e astuto? Certa vez, ele, vendo o papagaio falar, ficou com inveja e com os seus botões disse: "Não podia ser eu?" Pois ele o que fez? Apanhou um bocado de pimenta, fez um bolo com o resto de sua comida e deu ao papagaio. Só que ele não sabia que quanto mais o papagaio come pimenta mais fala, e que sua voz fica mais limpa. E isto acabou sendo muito bom, porque a dona do papagaio não gostava do bicho e, naquele momento, ia passando por ali um mascate, que, ouvindo o papagaio cantando, achou bonito e comprou o bicho. Sabe o que o papagaio, quando ia saindo no ombro do mascate, disse ao macaco?

— Fica aí, cabra ruim. Tua inveja não tem fim.

Então, dos olhos do macaco escorreram duas lágrimas, e lá se foi o papagaio cantando e todo mundo sorrindo.

A DESAVENÇA ENTRE O CACHORRO E O GATO

No tempo em que os bichos falavam, bicho nenhum tinha rabo. Olorum ficou muito pensativo e resolveu que tinha algo faltando. Então, Deus resolveu pôr rabo em todos os bichos, mas se esqueceu do cachorro.

O rato era muito intrigante. Como ele era perseguido pelo gato, pois era mais fraco, ele bolou uma vingança. Chegou para o cachorro e disse:

— Compadre cachorro, eu gosto muito do senhor. Porém, eu tenho muita pena do senhor, principalmente quando eu me lembro de quem é o culpado da chacota que os outros bichos fazem pelo senhor não ter rabo.

O cachorro ficou curioso e disse:

— A culpa é de quem?

O rato, muito maroto, disse:

— Compadre, você não sabe que é do gato? Deus deu a ele a tarefa de colocar rabo em todos nós, mas aí ele disse: "Não vamos botar no cachorro que é para ele não ficar bonito." Eu fiquei muito sentido quando ele me disse isso. Eu disse: "Compadre cachorro não merece isso. Coitado!"

O cachorro saiu porta afora, e o primeiro gato que encontrou deu com o pé em cima, e até hoje cachorro e gato não se unem. Não adiantou Deus colocar o rabo no cachorro, porque ele não perdoou a traição do gato.

A FOFOCA DO CÁGADO

O cágado sempre foi muito fofoqueiro. Dizem que ele tinha o costume de entrar na casa dos outros bichos para depois contar tudo o que via. Um dia, ele foi pé ante pé, entrou na casa do coelho e ficou quieto em um canto, com o pescoço encolhido na carapaça. Quando o coelho viu o cágado, saiu chutando-o pela porta da rua. A casa era em uma pirambeira e lá embaixo havia um rio. O cágado se espatifou lá embaixo, pois neste rio existiam muitas pedras. Neste momento, Yemanjá, ouvindo aquele tombo, correu, pegou o cágado e emendou todos os seus pedaços. Ela lhe disse:

— Olhe, meu filho, de hoje em diante você fique sabendo que a casa alheia é sagrada. Que isto lhe sirva de exemplo. Para o falador sempre coisa ruim lhe acontece, e o dente de falador sempre morde a sua língua.

O CÁGADO ENGANADOR

O cágado sempre teve mania de malandro. De certa feita, ele arquitetou um plano. Vendo que a floresta estava muito calma, ele disse:

— Eu vou fazer rebuliço e vou deixar todo mundo de orelha em pé e assustado. Vou dizer que está aparecendo por aqui egun, espírito de morto, e que eu já vi várias vezes.

Como existia por ali um pé de ajobi com um buraco feito pelos roedores, ele passou a ficar ali dentro, e todos que passavam ouviam uma voz fanhosa a dizer:

— Emiku, emilopa! Eu sou a morte, eu mato!

As pessoas saíam correndo amedrontadas e se trancavam em casa. Depois de uma certa hora, o povoado ficava deserto. Até que isso chegou ao ouvido de Ossâim. Ele era o responsável por todo aquele lugar, e as pessoas procuravam por suas mezinhas para todos os problemas que tinham. Ossâim pensou e disse:

— Isso não está certo, pois Iku não ia se dar ao trabalho de ficar escondido em uma árvore para assombrar ninguém. Existe alguma coisa errada!

Ossâim ficou calado, fingiu que não ligou e disse para as pessoas:

— Sabe o que é? Os tempos mudaram, até Iku está vindo brincar com vocês.

No outro dia, ele foi na casa de Ajapá, o cágado, e disse:

— Você sabe de uma coisa, Ajapá? Com este problema de assombração, eu consultei um oluô, e ele me disse que Iku está aborrecido com todos desta floresta. E por isso que ele está assim.

O Ajapá, quando ouviu estas palavras de Ossâim, ficou muito feliz e até sorriu.

"Rá! Já vi que está todo mundo com medo, ninguém sai mais de casa", pensou Ajapá.

Depois de falar com o cágado, Ossâim foi para casa, se vestiu todo de folha e se escondeu atrás do pé de ajobi. Então veio o cágado, pé ante pé, entrou no buraco da árvore e ficou lá dentro quieto. Ossâim, então, fez um laço e colocou na boca do buraco. Quando o cágado colocou a cabeça de fora e começou a gritar: "Emiku, emilopá!" Ossâim puxou o laço, apertou o pescoço dele e puxou o malandro para fora. Então, chegou toda a aldeia, meteu o cacete nele e o arrebentou em vários pedaços. Assim, todos ficaram sabendo que era Ajapá quem infernizava a aldeia.

O AGOURO DA CORUJA

A coruja é tida como agourenta, mas, nas religiões afro-brasileiras, ela representa as mães ancestrais. De certa feita, ela teve um atrito com o pé de akoko e, muito vingativa, chamou um lenhador e mandou cortar a árvore. Quando o homem deu a primeira machadada, ouviu uma voz dizendo:

— Se me cortar, vai se arrepender!

O homem deixou o seu machado e saiu correndo. Ele foi comunicar à coruja o que tinha acontecido. Aí ela disse:

— Ah, é? Então, quem corta sou eu!

Ela chegou toda afoita e meteu o machado no pé de akoko. Então, o machado saiu do cabo e decepou a cabeça da coruja. É por isso que, quando ela passa de noite por cima da casa voando e dando aquele piado, deve-se dizer: "Que a vingança do akoko caia sempre na tua cabeça." E sempre se acende uma luz dentro de casa, nunca deixando a casa às escuras.

O CARANGUEJO MALDITO

As pessoas que são iniciadas no candomblé não comem caranguejo, principalmente quem é iniciado de Omolu. Contam os antigos que Nanã, quando teve Omolu e viu que ele era todo aberto em chagas, o jogou na maré. Todos os peixes vieram adorar Omolu, mas o caranguejo, quando chegou e viu Omolu todo cheio de feridas, foi logo dando a sua mordida e tirando o seu pedaço. Os outros peixes foram chamar Yemanjá, que chegou correndo, apanhou Omolu, limpou seu corpo, passou azeite de dendê com a palha de bananeira e lhe deu acaçá batido. Yemanjá levou Omolu para casa e disse para o caranguejo:

— De hoje em diante, tu serás amaldiçoado por quem for iniciado, principalmente por quem for meu filho. Tu andarás sempre de lado, de frente para trás.

Naquele momento, seu amor de mãe falou mais alto. O caranguejo, desde este momento, foi banido dos banquetes dos orixás, por amor a Omolu e respeito a Yemanjá e Nanã.

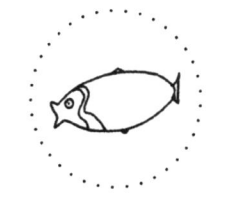

ARAMAÇÁ

Esta história eu dediquei a aramaçá, que é um peixe que tem a boca torta. Eu vou contar uma história sobre uma filha de Yemanjá muito teimosa.

Existe um peixe que tem a boca torta. Ele é chato, e é um dos maiores euós de Yemanjá. Euó quer dizer quizila. Um dia, o marido dessa filha de Yemanjá trouxe uma enfieira de aramaçá. Enfieira é uma vara fina que você enfia na guelra do peixe e vai botando um a um para ficar mais fácil para carregar. Quando ela viu o marido com a enfieira de aramaçá, ficou contente, pois ela era louca por peixe.

— Ah! Graças a Deus! Graças a Olorum! Hoje eu vou comer peixe.

Ela sabia que este peixe quem é de Yemanjá não come, mas, por teimosia, fez uma moqueca com bastante azeite de dendê e azeite doce. Ela fez a moqueca, deixou em cima do fogão para esfriar e foi lavar a roupa enquanto o arroz e o feijão cozinhavam. Ela, então, comentou com a vizinha:

— Olha, eu não lhe disse que esse negócio de euó é invenção, é ilusão? Eu fiz a moqueca... Limpei o peixe, temperei... Tá é cheirando. Você tá sentindo o cheiro?

A vizinha disse:

— Tô. Tá me cativando. Eu acho que eu vou comer com você.

Quando ela acabou de lavar a roupa, que foi destampar a panela para comer, os aramaçás estavam todos vivos, mexendo os olhos e a boca. Elas saíram correndo, tanto ela quanto a vizinha, e não comeram o peixe. Tudo isso pra você ver, cada qual no seu cada qual! Se a pessoa tem o seu orixá, tem que respeitar o euó daquele orixá para não criar complicação para si mesmo.

EXU E A LAGARTIXA

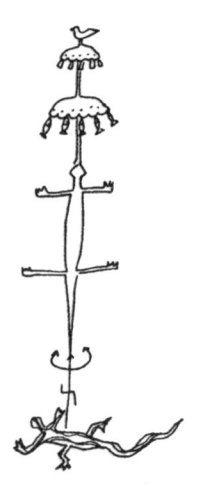

Exu sempre teve muitos problemas com Oxalá, pois ele não queria receber suas ordens. Um dia, Oxalá pediu a Exu que fosse procurar um camaleão, porque ele tinha que ter um em sua casa, pois o mesmo faz parte da sua vida. O que fez Exu? Ficou matutando e disse com seus botões:

— Agora, veja! Este velho querendo me fazer de empregado dele. Como é que pode?! Eu que tenho tanto poder! Poder de plantar uma semente hoje e ela germinar, crescer e dar frutas deliciosas no mesmo dia, de fazer chover e fazer sol na mesma hora, de dividir um ser humano em dois, de um lado ser um homem e do outro ser mulher, de matar um pássaro hoje com uma pedra que joguei ontem. Vou mostrar a ele quem sou eu!

E saiu. No caminho, encontrou uma lagartixa, passou a mão e a transformou em camaleão. Ele a levou para Oxalá, pensando que o estava enganando. Chegou fingindo que estava feliz porque estava fazendo um favor para Oxalá, que lhe disse:

— Modupé! Obrigado, meu amigo. Agora eu vi que você gosta mesmo de mim e é de minha inteira confiança. Ponha o camaleão aqui perto de mim.

Exu, pensando que enganava Oxalá, perguntou:

— Está satisfeito, Babá?

— Como não havia de estar? Eu vou pôr o nome dele, de Omonilê — respondeu Oxalá.

Oxalá soprou para a lagartixa, que mudou de cor, ficou cinza e começou a subir pelas paredes. Exu saiu correndo, envergonhado. Logo, você veja, não se deve menosprezar os mais velhos. E por isso que a lagartixa também é filha de Oxalá, e não se deve matar quem é filho de Oxalá.

O CAROÇO DE DENDÊ

Quando o mundo foi criado, o caroço de dendezeiro teve uma grande responsabilidade dada por Olorum, a de guardar dentro dele todos os segredos do mundo. No mundo Iorubá, guardar segredos é o maior dom que Olorum pode dar a um ser humano. É por isso que todo caroço de dendê que tem quatro furinhos é o que tem todo o poder. Através de cada furo, ele vê os quatro cantos do mundo para ver como vão as coisas e comunicar a Olorum. E mais ninguém pode saber desses segredos, para não haver discórdia e desarmonia. É por meio dessa fórmula que o mundo tem seus momentos de paz. Existe também o caroço de dendê que tem três furos, mas a esse não foi dada a responsabilidade de guardar os segredos.

Existe uma lenda que diz que Exu, com raiva dessa condição que Olorum deu ao coco de dendezeiro de quatro furos, quis criar o mesmo poder de ver tudo à sua moda, com brigas e discórdias. Ele chamou o coco de dendê de três furos e disse:

— Olhe, de hoje em diante, eu quero que você me conte tudo o que vê.

Aí o dendê lhe respondeu:

— Como? Se eu só tenho três olhos e não quatro, como meu irmão, a quem Olorum deu este poder?

— Ousas me desobedecer, dendê? — disse Exu, aborrecido.

— Sim! Tu não és mais do que aquele que é responsável pela minha existência e a tua — respondeu o coco de dendê.

Dizendo isto, sumiu. E Exu, dessa vez, não foi feliz na sua trama.

EXU E OS DOIS IRMÃOS

Vocês sabem que Exu não gosta de ver ninguém em paz, nem muito bem e feliz. Para a pessoa adquirir tudo isso, tem que fazer um acordo com ele, senão nada vai bem. E foi o que aconteceu com um homem que tinha um sítio com seu irmão. Os dois eram muito unidos e muito religiosos. E Exu dizia:

— Agora, vejam! Esses dois negros, sendo das minhas raízes, só vão rezar! Como pode? Será que eles acham que os mitos dos nossos ancestrais não vão lhes ajudar e não têm força? Eu vou fazer eles verem, eles vão ter que me procurar.

Os dois irmãos, todo dia 19 de março, plantavam feijão e milho, pois eles diziam que, se plantassem nesse dia, que era de São José, no dia de São João eles colhiam. Eles arrumaram a terra, araram tudo, e um plantou uma caixa de milho e o outro, uma de feijão. O que Exu fez? Chegou na roça e tirou as sementes e trocou tudo. Onde era feijão ele plantou milho, onde era milho ele plantou feijão. E ficou esperando nascer. Os irmãos só diziam:

— Este ano vamos ter boa safra. Eu de milho e você de feijão.

E Exu só esperando. Lá um dia deu uma chuva e os grãos cresceram com uma força danada. Onde era feijão saiu milho, onde era milho saiu feijão. Tal não foi a surpresa dos dois irmãos! Eles aí começaram a discutir:

— Olha, você viu que o feijão ia dar melhor preço, foi lá e roubou os meus grãos que eu já tinha semeado.

O outro disse:

— Que nada, homem! Deixa de maluquice. Como eu podia fazer isso? Arrancar o seu feijão e botar o meu milho?

E começaram a discutir, saiu pancadaria e tudo. Exu se acabando de rir. Os dois irmãos brigaram, dividiram o sítio ao meio e não mais se falaram, ficando inimigos eternos. Exu, sem que os irmãos desconfiassem da tramoia dele, chegou de mansinho e disse:

— O que está havendo que vocês tanto brigam?

Os irmãos responderam:

— Para mim, ele morreu.

— Para mim, você também morreu, ladrão.

Exu disse:

— Olha, eu vou fazer vocês se unirem e acabarem com esta contenda. Eu sou Exu. Eu quis mostrar para vocês dois que os mitos das suas raízes, do país de que vocês chegaram até aqui, têm os mesmos valores que os outros, e talvez até mais, pois são milenares. Como vocês acham que os outros, não os da sua cultura, podem ter mais força? De hoje em diante, vocês vão voltar ao que eram e a ter tudo.

Pois assim foi. Eles começaram a ter fé nos orixás e recomeçaram uma nova vida.

O ORGULHO DE OBI

Obi era muito pobre. Um dia, Exu o visitou em sua casa e viu como ele morava em total penúria. Exu se compadeceu e lhe disse:

— Olha, Obi, eu vou ter uma conversa com Orumilá e vou perguntar a ele como eu posso lhe ajudar.

Obi ficou todo contente e disse a Exu:

— Eu vou lhe agradecer pelo resto da vida. Você vai ver.

Dito isto, Exu saiu. Dois dias depois, voltou com um ebó para Obi fazer. Obi fez o ebó e ficou rico, mas nunca procurou Exu para agradecer. Um dia, Exu foi até a casa dele e bateu palma. Obi abriu e foi logo dizendo:

— Olhe, aqui eu não o quero. O que você quer? Eu estou ocupado atendendo pessoas de importância. Não tenho tempo para você, não tenho tempo para atender mendigo — bateu a porta e entrou.

Exu ficou possesso e foi comunicar o acontecido a Orumilá. O que fez Orumilá? Vestiu-se com uma roupa bem suja e rasgada e foi à casa de Obi. Ao ver aquele homem sujo à sua porta, Obi disse:

— Olhe, se você veio pedir esmola, eu não dou esmola. E você, sujo deste jeito e fedorento, como ousa bater em minha porta, sabendo que eu sou um homem muito rico?

— Obi, em nome de Orumilá, me socorre aqui — disse Orumilá.

— Orumilá que nada! Orumilá sou eu, que sou rico e não preciso de ninguém — respondeu Obi.

Então, Orumilá transformou-se em um lindo homem e disse:

— Está me conhecendo, Obi?

Obi se assustou e se postou aos pés de Orumilá, gritando:

— Oba mi, oba mi!

Orumilá lhe disse:

— Pela tua ingratidão e pelo teu orgulho, de hoje em diante não haverá sacrifício na nossa religião, nem oferenda aos nossos deuses em que você não esteja incluído. Tu serás partido em quatro partes, rolarás na lama e serás posto na cabeça do mais vil ser do aiyê. Sem contar que, quando Exu comer, tu terás que fazer parte do banquete dele. E ainda terás que responder se ele está satisfeito. Logo, você veja, Obi, o orgulho não vale, a humildade, sim.

IYÁ INÂ

Iyá Inâ era uma negra muito bonita, mas tinha um problema: toda vez que ela falava, botava fogo pela boca. Isso foi por causa de um segredo que Exu lhe contou e que ela falou para as outras mulheres. Exu ficou com raiva, mas ficou calado. O que fez ele? Fez um banquete, foi até a casa dela e disse:

— Olha, minha irmã, eu gosto muito de você. Devo muitos favores a você e quero retribuir. Como eu sei que você gosta muito de comer, eu fiz um jantar para a gente.

Ela aceitou, pois era muito gulosa. Exu disse com seus botões:

— Agora que eu me vingo. Ela me paga.

Exu marcou o dia do jantar e no dia ela estava lá. E o que fez Exu? Foi para o mato, apanhou uma folha chamada yxanâ, que misturada com outros elementos tem o poder de produzir fogo. Ele fez um gostoso refogado e deu para ela comer. Quando acabou, que ela se empanturrou bem, Exu lhe disse:

— Você já viu? Araruta tem seus dias de mingau e hoje é o dia da minha vingança.

Ela gritou:

— Oiii!

E quando Iyá Inâ gritou, saiu fogo pela boca. Ela perguntou:

— Por que você fez isso?

— Você se lembra do segredo que eu te confiei? Pois é, você não guardou! Agora, toda vez que você falar, vai botar fogo pela boca, e todos os seus filhos vão ter um olho só, na testa — respondeu Exu.

E assim foi a desventura de Iyá Inâ por não saber guardar segredo. Até hoje, quando ela fala, bota fogo pela boca. Todos deviam seguir esse ditado: em boca fechada, não entra mosca.

A QUIZILA DE OGUM COM O QUIABO

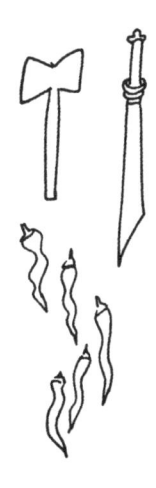

Você sabe por que Ogum não gosta de quiabo? Foi por causa de uma contenda dele com Xangô. Xangô era muito ambicioso por *status*, principalmente pelo título de rei, por se sentar no trono de um reinado. Foi o que aconteceu com a cidade de Oyó.

Xangô estava para entrar em Oyó, com a sua comitiva, quando avisaram Ogum. O povo pediu a sua ajuda, pois ele era um grande guerreiro, e Ogum não se negou. Mas, como em tudo existe falsidade, a notícia de que Ogum estava contra Xangô vazou. Xangô, sabendo, tomou as suas atitudes. Ele tramou uma cilada para Ogum. Mandou comprar muito quiabo em todas as aldeias e mandou picar. Fez uma pasta com o quiabo. Pelo lado em que ele ia atacar a cidade tinha uma ladeira. O que ele fez? Mandou espalhar que o ataque era naquele dia. Aí mandou espalhar o quiabo ladeira abaixo. Já viu como ficou, né? Ninguém se segurava. Escorregavam todos ladeira abaixo. Foi assim que, quando Ogum apareceu no caminho, pensando que ia vencer Xangô, todos os seus cavaleiros, até mesmo ele, desceram ladeira abaixo e os seus cavalos quebraram as pernas. Assim Xangô tomou posse da cidade de Oyó e a comandou por todo um século. Esta história me foi contada por minha avó. É por isso que Ogum não suporta quiabo.

MAIS UMA HISTÓRIA COM XANGÔ E O QUIABO

Existe uma qualidade de Xangô, chamada Baru, que não pode comer quiabo. Ele era muito brigão. Só vivia em atrito com os outros. Ele é que era o valente. Quem resolvia tudo era ele. Xangô Baru era muito destemido, mas, quando ele comia quiabo, que ele gostava muito, lhe dava muita lombeira. Dormia o tempo todo! E por isso perdeu muitas contendas, pois quando ele acordava seus adversários já tinham voltado da guerra. Ele ficava indignado. Então, resolveu consultar um oluô, que lhe disse:

— Se é assim, deixa de comer quiabo.

— Eu deixar de comer o que eu mais gosto? — respondeu Xangô Baru.

— Então, fique por sua conta. Não me incomode mais! Será que a gula vai vencê-lo? — perguntou o oluô.

Xangô Baru foi para casa e pensou:

— Eu não vou me deixar vencer pela boca. Vou voltar lá e perguntar a ele o que eu faço, pois o quiabo é meu prato predileto.

E saiu no caminho da casa do oluô, que já sabia que ele voltaria. Lá chegando, disse:

— Aqui estou. Me diz o que eu vou comer no lugar do quiabo.

— Aqui neste mocó tem o que você tem que comer. São estas folhas. Você, temperando como quiabo, mata sua fome — mostrou-lhe o oluô.

— Folha?! — perguntou Xangô Baru.

— Sim — respondeu o oluô. — Tem duas qualidades, uma se chama oyó e a outra, xanã. São tão boas e gostosas quanto o quiabo.

Xangô Baru foi para casa e preparou o refogado, fez um angu de farinha e comeu. Gostou muito, se sentiu bem e fortalecido, e não teve mais aquele sono profundo. Aliás, ele se sentiu bem mais jovem e com mais força. E não ficou com a lombeira que o quiabo lhe dava. Aí ele disse:

— A partir de hoje, eu não como mais quiabo.

Daí a sua quizila com o quiabo. É como eu disse no começo: "Todo caso é um caso." Esse caso me foi contado pelas minhas mais velhas; assim, agora, quem quiser dar quiabo a Baru, que dê!

OXÉ, O AJUDANTE DAS MULHERES QUE QUERIAM PARIR

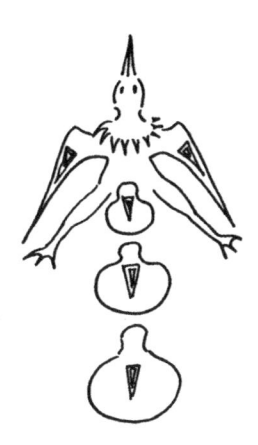

Existia uma mulher que tinha mais de 40 anos e não havia meio de ela parir. Um dia, disseram a ela que só quem podia ajudá-la era o Odu Oxé. Ela foi procurar Oxé e lhe disse:

— Eu estou disposta a fazer tudo o que você mandar.

Ele, então, mandou que ela comprasse uma tigela e várias coisas que seriam necessárias para o trabalho, até mesmo uma preá. Ele também disse que, quando a criança nascesse, ela teria que repetir a oferenda e iniciar a criança. Ela fez a oferenda e, depois de vários meses, estava grávida.

Em nove meses nasceu uma linda menina. Esta menina foi crescendo e a mulher nada de dar a oferenda nem iniciar a menina. Um dia, a menina adoeceu e não havia mezinha que a botasse boa, até que, um dia, a menina disse à mulher:

— Mãe, eu sonhei que uma pessoa me dizia que a senhora tinha que pagar uma promessa que fez para um odu, senão eu vou morrer.

A mulher ficou doida, comprou tudo e ofereceu para Oxé e procurou iniciar a menina. Ela ficou boa e está até hoje.

O ODU OJONILÉ

O Odu Ojonilé era muito respeitado pelas pessoas, que, ao mesmo tempo, lhe traziam muitos problemas, dizendo que ele trazia prenúncio de doença e mal-estar. Ele ficava triste e pensativo:

— Será que o que vale para o ser humano é só o lado negativo?

Ele pensou, pensou, comprou lágrimas-de-nossa-senhora e fio e começou a enfiar um rosário, sentado na porta de sua casa, muito triste. Então, veio Odu Ossá, cabisbaixo, e disse:

— Boa tarde, Ojonilé! Será que você está com o mesmo problema que eu estou? Eu venho aqui pra nós papearmos. Eu quero conversar com Olorum, ir dar uma queixa das pessoas que ele pôs no aiyê, no mundo. Eu estou sendo acusado de trazer miséria, perdas e morte, e estou muito triste.

— É este o meu caso. As pessoas não se tratam, comem tudo o que é ewó, tudo que é quizila, não cuidam do seu ori, e com isto vem o desgaste, adoecem e dizem que sou eu o culpado! — respondeu Ojonilé.

— É o meu caso também! — disse Ossá. — As pessoas gastam o desnecessário, não procuram estar em dia com os ancestrais, rogam praga ao seu semelhante, e você sabe que a praga é dividida. E ainda dizem que eu sou aliado a Iku, a morte!

— Você veja o que é a humanidade! Vamos consultar Orumilá.

Os dois saíram e foram à casa de Orumilá e fizeram suas queixas. Orumilá ouviu com toda atenção, pois ele nunca deixa ninguém sair de sua casa sem uma resposta consoladora. Ele mandou que Ojonilé, para aliviar a sua tristeza, apanhasse o rosário que ele estava enfiando, mais um ekuru, morim, ovo de pata, acaçá, vela e prato branco, e os oferecesse para os ancestrais, que, por sua magia, iriam lhe dar alívio.

— E eu, meu pai? — Ossá lhe perguntou.

— Você, apanhe uma panela, aberem, cachimbo de palha e um chapéu de palha. Tome isto e vá embora, que você vai encontrar a solução no caminho. Eu vou lhe dar tudo do que você precisar.

Ossá e Ojonilé foram embora, cada um para seu lado. Na primeira curva da estrada, Ossá encontrou dois homens carregando uma rede com uma pessoa deitada. Ossá perguntou:

— O que aconteceu com ele?

— Ah, meu irmão. Faz dia que ele não come, não levanta, não fala. Ele está quase morto.

Ossá, então, abriu o saco que estava com as coisas que Orumilá lhe deu. Pensou no homem e destampou a panela de barro, botou tudo dentro e botou o chapéu na cabeça do homem. Assim, o homem se levantou e começou a falar. Todos da aldeia, que já estavam chegando, bateram palma em homenagem a Ossá. A partir daquele momento, ele foi respeitado, e onde ele passava todos o saudavam. Assim como ele, também Ojonilé, que fez a oferenda para Egun, começou a ser respeitado pelas pessoas.

ODU OKARAN

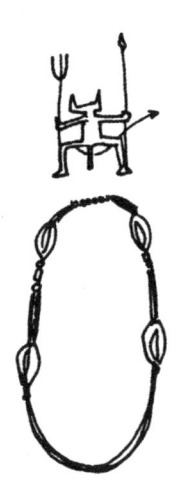

Esta história é sobre o Odu Okaran. Okaran tem o poder de reprodução, pois ele é muito fértil. Por isso, Okaran tornou-se muito orgulhoso. O que fez ele? Chamou Exu para os dois fazerem uma parceria e disse:

— Olhe, Exu, você tem um grande poder com Ifá, pois quem traz o mistério para ele é você. E eu sou forte, bonito e brigão. Onde tem uma briga, eu lá estou. Podemos fazer poucas e boas. Mas veja, a casa de Ifá só vive cheia de gente à procura de teus conselhos e revelações, mas ele não lhe dá crédito. E você é o grande responsável pelo que se fala em volta do mundo.

Exu disse:

— Ah, é assim? Eu vou mostrar a ele com quantos paus se faz uma cangalha.

Exu pegou 21 grãos de atarê, pimenta-da-costa, pôs na boca e foi para a casa de Ifá. Chegando lá, se envultou, e quando Ifá foi fazer as adivinhações com o seu rosário, o opelé, nada conseguiu. Exu contou o acontecido a Okaran, que ficou satisfeito e caminhou para a casa de Ifá. Lá chegando, Okaran se sentou à frente de Ifá, que estava muito triste. Okaran foi logo dizendo:

— O que está havendo aqui? Sua casa sempre está cheia de gente e hoje não tem ninguém?

Mas Ifá já tinha ficado desconfiado ao vê-lo chegar, pois não era costume de Okaran visitá-lo. Então, Ifá disse:

— Eu desconfio de alguém responsável por esta situação. Mas eu vou dizer, quem fez isto vai ser de hoje em diante eternamente escravo de Exu, e vai sofrer, que Exu não é brincadeira. Vai me pagar!

Okaran arregalou os olhos e disse:

— Ora, homem, não faz isto! Você não sabe de nada.

— Ora, se sei! — respondeu Ifá.

Okaran, a partir daí, ficou dominado por Exu, e suas melhores oferendas são as mesmas de Exu. Por isso, não se deve mexer com quem está quieto.

OKO

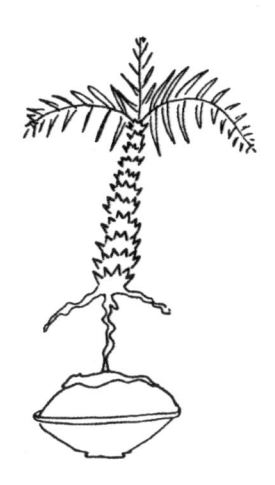

Quando o mundo foi criado, ainda não existia nada plantado. Aqui morava um homem que nada fazia. Este homem se chamava Oko, o nome que ele tinha recebido do grande criador. Um dia, Olorum chamou este velho e lhe disse:

— Olha, eu criei o mundo, porém faltam as plantações, e eu não sei como fazê-las, como plantar. Você vai ser incumbido desta tarefa.

Oko ficou sentado no chão, pensando:

— Que grande incumbência Olorum me deu! O que que eu vou fazer?

Pensou, pensou, e aí se lembrou de que nas suas andanças pelas estradas tinha encontrado uma palmeira, e que embaixo dessa palmeira sempre tinha um molequinho. Esse moleque era muito sapeca e muito sagaz, com um corpo bem reluzente. Ele estava sempre com um pedaço de pau mexendo na terra. Oko se lembrou de que um dia ele perguntou a esse rapazinho:

— O que estás a fazer?

E o rapaz lhe respondeu:

— Você não sabe que a terra mexida e plantada dá frutos?

— Plantada como? — perguntou Oko.

— É... A gente arruma semente, e tudo isso...
— Como arruma semente, se ainda não existe árvore, não existe nada?— interrompeu Oko.

O molequinho lhe disse:
— Olhe que pra Olorum nada é difícil!

Oko ficou admirado com as palavras do molequinho. Quando Olorum lhe deu essa empreitada, ele logo se lembrou do molequinho. Voltou ao mesmo lugar e encontrou o molequinho sentado embaixo da palmeira, cavando a terra. O buraco já estava maior, e daquele buraco já estava saindo uma terra mais vermelha. Oko perguntou ao menino:
— Por que esta terra está saindo mais vermelha?
— É sinal de que algo de diferente existe nas profundezas da terra. Você vê que eu estou cavando e aqui em cima a terra é mais seca; agora, esta outra parte é mais molhada, e agora já está saindo uma parte mais densa, mais dura — respondeu o menino, mostrando a terra a Oko.
— Continue a cavar — falou Oko.

Mas, enquanto o menino estava cavando, a madeirazinha que ele estava usando quebrou. Ele aí pelejou, esfregou, esfregou no chão, e fez uma ponta na madeira. O menino estava descobrindo naquele momento uma ferramenta na hora em que ele raspou a madeira no chão. E com ela ele recomeçou a cavar, até que ele deu numa parte ainda mais dura. Ele e Oko começaram a cavar juntos e tiraram uma lasca dessa terra, que era a pedra. Oko disse:
— Vamos fazer algo para a gente cavar a terra. Vamos ver se conseguimos qualquer coisa com aquela lasca de pedra.

O molequinho continuou a trabalhar, e Oko lhe disse:
— Eu vou me embora, você veja se sozinho consegue pensar em algo mais útil pra gente trabalhar.

E foi embora, foi embora, foi embora. Foi andando e matutando pelo caminho.

No outro dia, quando Oko voltou, o molequinho estava com o fogo aceso e com vários pedaços daquela pedra no fogo. Quando o moleque fez aquele fogo, ele fez também um canal saindo de dentro do fogo.

No que as tais pedras iam se derretendo, iam escorrendo e o menino ia formando lâminas. Assim foi criado o ferro. E sabe quem era esse molequinho? Era Ogum, o criador do ferro. Daí em diante, orixá Oko, o grande rezador e plantador, com suas ideias sobre plantação, colheita e lavoura, e Ogum, com as suas ferramentas para ajudar a cavar a terra, o arado, o machado, a foice e a enxada, continuaram a trabalhar juntos nas plantações, que têm grande importância na criação do mundo.

OFU

Ofu era um homem muito bondoso, que só se aborrecia quando via uma pessoa de preto ou vermelho. Até seu cabelo e sua barba eram brancos, embora fosse um homem novo. Ele andava com um saco nas costas, onde trazia efum, ori e um camaleão, e andava rezando muito. Ofu ganhava muitos adeptos, mas todos eram jovens. O mais velho era ele, e todos os seus seguidores eram pessoas paupérrimas.

Um dia, Ofu sentou-se embaixo de um pé de baobá, com o seu povo, para beber a água da árvore. Nesse momento, ele ouviu uma voz que lhe dizia que na primeira casa em que ele parasse sacrificasse o camaleão, dissesse a todos para comer acaçá e obi, e que com a pele do camaleão fizesse um pó para passar no corpo de todos. A voz também lhe disse que em algum ponto da estrada todos iriam ter uma surpresa.

Isto tudo Ofu fez. Quando acabou de fazer tudo isso com o seu povo, todos começaram a andar e a se sentir felizes. Por todos os lugares que eles passavam, ganhavam presentes, trabalho e muito dinheiro. Todos mudaram de vida, tendo muita paz e harmonia. É por isso que existem histórias, que os mais velhos contam, que quem é regido pelo Odu Ofu nunca morre de fome e, no final da vida, sempre alcança felicidade, respeito e dinheiro. Mas com isso, não vamos ficar pensando que podemos ficar sentados num canto esperando que caia dinheiro e comida do céu!

CONTO DEDICADO À MINHA MÃE, DO CARMO

A minha mãe era muito boa. Ela queria muito ter uma filha e, um dia, engravidou. A única coisa que ela tinha vontade de comer era peixe, tanto fazia ser do rio como do mar. Ela teve uma gravidez muito boa, e todos lhe diziam:

— Mulher, você não está grávida de dois, não?

Todos diziam assim, pois sua mãe já tinha parido 25 filhos, com cinco barrigas de dois. Ela morava em um engenho antigo, chamado Engenho Novo, e ali ainda existiam vários antigos escravos, como suas tias e sua mãe. E ali também existia — eu me lembro que ela sempre contava — uma velha muito respeitada, chamada Tia Afalá, que era a parteira do engenho.

Um dia, do Carmo teve muita vontade de comer peixe. Ela pegou o jereré e foi pescar no rio que passava por dentro do engenho. Quando ela estava pescando, a bolsa d'água se rompeu. Ela saiu da água e, quando ia atravessando a estrada, eu nasci, ali mesmo. Uma menina. Chamaram Tia Afalá, que me carregou e minha mãe para casa, para cortar o umbigo. Tia Afalá viu que era uma menina muito forte, mas que tinha a cabeça ainda mole. A velha parteira então disse:

— Olha, eu vou botar umas folhas na cabeça desta criança. Ela é filha de Exu e de Yemanjá.

Com sete dias, ela tirou o barrete de folhas da minha cabeça, que já estava perfeita. Tia Afalá recomendou:

— Esta menina tem que ser iniciada.

E isto aconteceu. Hoje, eu sou uma omorixá e uma lutadora de minha religião e de minha raça. Meu nome: Beata de Yemonjá.

GLOSSÁRIO

Aiê — Terra, mundo
Atarê — pimenta-da-costa
Ebó — oferenda aos orixás
Efun — giz; cor branca
Eguns — almas, mortos, ancestrais
Euó — quizila, proibições
Ifá — orixá dos oráculos e da adivinhação
Iko — palha da costa
Iku — morte
Ilê — casa
Iyá — mãe
Iyáo — noiva
Mezinha — rezas, remédios
Obi — noz-de-cola
Odu — resultado de uma jogada, feita no jogo da adivinhação com o opalé, ou de um conjunto de oito jogadas com os cocos de dendê ou búzios; pronunciamento do oráculo; regente da vida de uma pessoa, às vezes, coloquialmente interpretado como destino
Oluô — "olhador"; adivinho; donos do segredo de Ifá, orixá do oráculo
Opelé — espécie de rosário feito do coquinho do dendezeiro, usado para adivinhação
Ori — cabeça
Orunkó — cerimônia durante a qual o orixá da iniciando, saída em transe da camarinha para dançar em público, gritando revela seu nome particular
Ossum — pó vermelho
Waji — anil, azul-escuro

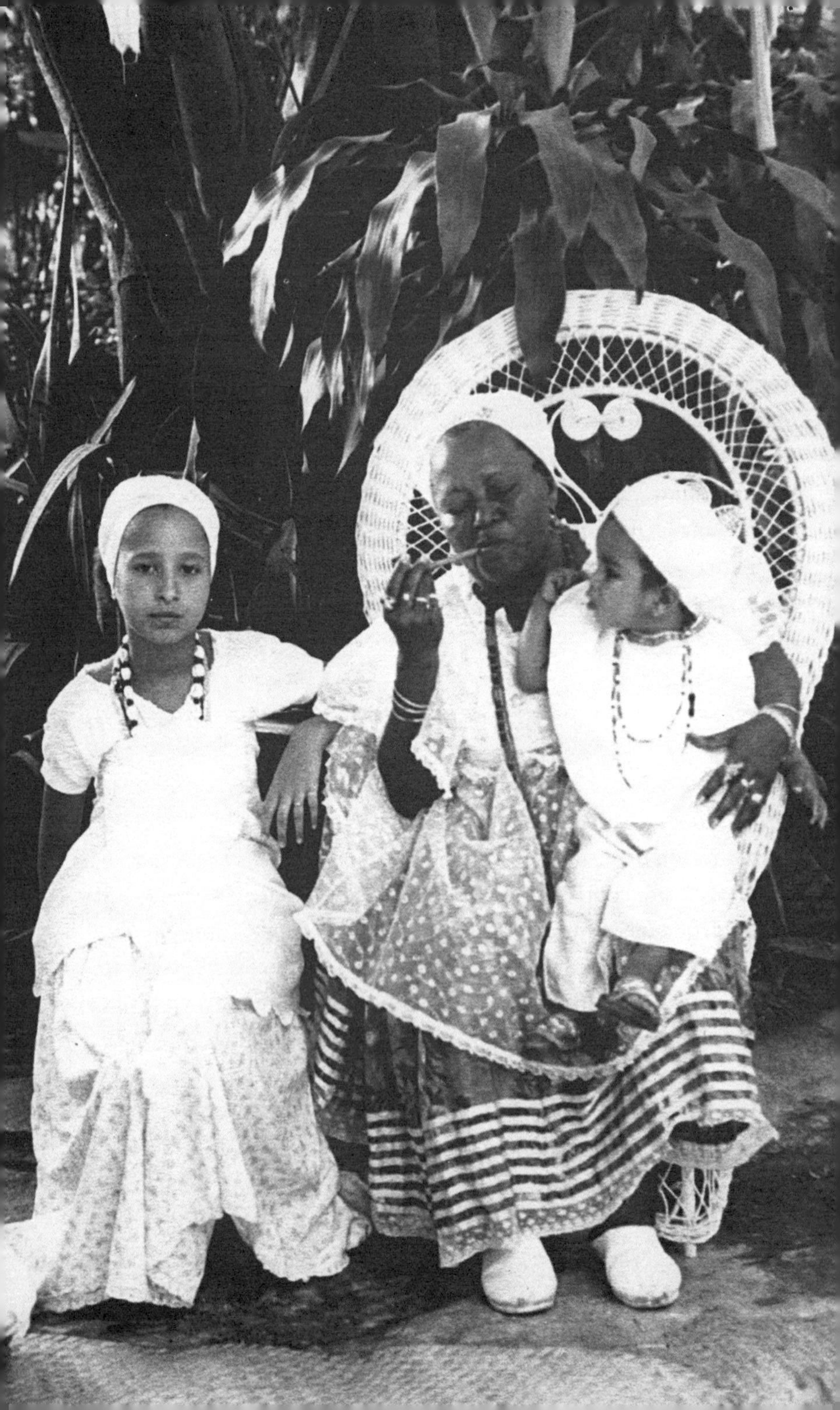

"SOU NEGRA, SOU MULHER"

Mãe Beata de Yemonjá (como é conhecida Beatriz Moreira da Costa) foi mãe de santo, escritora e artesã. Nasceu em 1931, em Cachoeira do Paraguaçu, no Recôncavo Baiano. É filha de Maria do Carmo e iniciada no candomblé por Mãe Olga do Alaketo em Salvador, em 1956.

Chegou ao Rio de Janeiro em 1970, mas se estabeleceu em Miguel Couto, Nova Iguaçu, RJ, em 1980. Fundou o Ilê Omi oju Aro – Casa das Águas dos Olhos de Oxossi – em 1985, comunidade de terreiro que fortalece a cultura afro-brasileira através de projetos coletivos e comunitários, que se tornou Ponto de Cultura em 2010 e foi tombado pelo IPHAN, em 2015, como Patrimônio do Estado do Rio de Janeiro.

Foi uma das integrantes do ICAPRA, Instituto Cultural de Apoio e Pesquisa das Religiões Afros, presidente da Ong Criola (organização de mulheres negras que atua contra o racismo e o sexismo), integrante do Conselho Estadual dos Direitos da Mulher – CEDIM, conselheira do ProjetoAtó Ire – Saúde dos Terreiros e, também, da Ong Viva Rio.

A nova edição deste livro é uma homenagem a uma das personalidades mais expressivas do candomblé e uma das vozes mais importantes da cultura negra no Brasil: essa filha de Exu e Yemanjá que lutou pela educação, saúde, meio ambiente, pelas tradições africanas, ações afirmativas, pelos direitos humanos e movimentos de mulheres negras.

fontes Warnock Pro e Canvas Inline
papel pólen bold 90g/m²
impressão Gráfica Assahí, outubro de 2023
1ª edição